Wie ich wurde, wer ich bin

Fredy Herz

Wie ich wurde, wer ich bin

*Dieses Buch widme ich
meinen Eltern Antonie Marie und Julius Herz,
die beide zu früh von uns gegangen sind.*

Bibliografische Information der Deutschen Nationalbibliothek:
Die Deutsche Nationalbibliothek verzeichnet diese Publikation in der Deutschen Natio-
nalbibliografie; detaillierte bibliografische Daten sind im Internet über http://dnb.dnb.de
abrufbar.

TWENTYSIX – Der Self-Publishing-Verlag
Eine Kooperation zwischen der Verlagsgruppe Random House und BoD – Books on De-
mand

© 2019 Fredy Herz, Umkirch

Herstellung und Verlag:
BoD – Books on Demand, Norderstedt

ISBN: 978-3-740753795

Lektorat, Korrektorat, Layout: Cornelia Soltau, pegasusArt, Waldkirch,
csoltau@pegasusart.de
Umschlaggestaltung: Garland Herz, Neustadt/Holstein, g_herz@web.de

Wie ich wurde, wer ich bin

Vorwort:

Die „Freie Hanse Stadt Danzig" (heute Gdansk), blieb in der Zeit des zweiten Weltkrieges 1939 bis Anfang 1945 vorwiegend vom Krieg verschont. Nur selten heulten die Sirenen, die uns anhielten, schnellstens den Luftschutzkeller aufzusuchen. Im Alltag merkte man glücklicherweise nicht viel vom Krieg; die Speicher waren gefüllt und der Bevölkerung ging es gut. Erst mit der Ankunft der ersten Flüchtlingstrecks aus Ostpreußen änderten sich die Verhältnisse in der Stadt. Aus der Ferne hörte man schon das Donnern der Kanonen der Ostfront, man spürte, dass die Front immer näherkam. Meine Eltern erwarteten das Ende des Krieges mit großer Sehnsucht, hing doch die weitere Existenz unserer Familie maßgeblich davon ab. Wir, d.h. meine Kernfamilie, waren durch die Rassengesetze geschützt. „Mischlinge" und jüdische Partner in „privilegierten Mischehen" blieben das Tragen des gelben Judensterns erspart. Anders war es bei den Geschwistern unseres Vaters. Sie lebten in Münster/Westfalen und in Maastricht/Holland. Von ihnen und ihrem Schicksal möchte ich in dieser Geschichte berichten sowie über das Schicksal unsere Familie in Danzig.

Meine Schilderungen sind durchaus subjektiv, beruhen auf meinen Erinnerungen und sollen authentisch klingen. Ich möchte schildern, wie ich diese Zeit erzählt bekommen habe und zum Teil auch selbst erlebte. Deshalb erhebe ich keinen Anspruch auf objektive, dokumentationsgerechte Schilderung. Vielmehr möchte ich das Bild meiner Familie aus meiner Perspektive aufschreiben, um festzuhalten, wie ich das Zeitgeschehen erlebt habe und vielleicht auch um verständlich zu machen, wieso ich der Mensch geworden bin, der ich heute bin.

Moritz Herz

Er war gutherzig und großzügig, um nicht zu sagen zu großzügig. Er war unser hochgeschätzter Großvater Moritz. Als Großhandelskaufmann besaß er in Münster/Westfalen eine eigene Firma mit einem großen Haus. An Fest- und Geburtstagen pflegte er Waisenhäuser und Kindergärten mit bis zu 80 Kindern zu bescheren. Aus diesem Grunde ging er zweimal in die Insolvenz. Seine wohlhabende Verwandtschaft half ihm glücklicherweise immer wieder selbstlos aus seinen finanziellen Krisen.

Mit seiner ersten Frau Julie Herz, geb. Hansenberg, geb. am 17.03.1851 in Freienohl/Meschede, gest. am 16.02.1891 in Münster/Westfalen, hatte er vier Kinder, Johanna, Bendix, Fanny und Rosa.

Da war zunächst Johanna, geb. am 08.12.1879 in Münster, gest. am 08.12.1943 in Mecheln/Malines. Sie war gelernte Lehrköchin. 1901 heiratete sie den Metzger Louis-Eugen Gruno, später Gruner aus Kettenberg/Ostpr. Geb. am 20.08.1879 in Leipzig, wohnhaft in Essen Katernberg. Nach ihrer Emigration nach Belgien wurde die gesamte Familie am 11.07.1939 ausgebürgert. Johanna starb in der Emigration im Internierungslager Mecheln/Malines. Ihr Ehemann wurde nach Auschwitz deportiert und kam dort am 03.08.1943 ums Leben. Von ihren drei Söhnen überlebte nur der Älteste, er emigrierte 1936 nach Frankreich und diente von 1936 bis 1946 in der französischen Armee in Afrika. Im Alter von erst 52 Jahren starb er in Paris.

Das zweite Kind war Bendix, geb.am 20.04.1882 in Münster. Er war Klempner von Beruf und ging 1901 auf Wanderschaft.

Das 3. Kind von Julie und Moritz war Fanny, geb.am 20.07.1884 in Münster. Sie war von Beruf Köchin und zog 1905 nach Köln. Von dort aus wurde sie nach Litzmannstadt deportiert und dort umgebracht.

Die Vierte im Bund der Geschwister war Rosa, geb. am 30.10.1888 in Münster und gest. 1889 in Münster. Ihr Grab befindet sich auf dem jüd. Friedhof in Münster.

Justus Herz

Nach dem Tod seiner nur 40 Jahre alt gewordenen Frau Julie heiratete Moritz Berta Herz, geb. Isaak. Sie hatten zusammen ebenfalls vier Kinder, nämlich Julius, unseren Vater, Julius Herz (s. Foto), dann noch die drei weiteren Kinder: Robert, Pauline und Adolf.

Robert, geb. am 04.10.1893 in Münster, gest. im 1. Weltkrieg auf dem Weg zum Verbandsplatz. Beruflich wurde er Kaufmann, machte zwischen 1910 und 1914 eine kaufmännische Ausbildung in Brakel und Gütersloh. Er wurde im November 1914 Soldat, war offensichtlich vermisst und wurde 1929 mit amtlichem Todesdatum vom 10.01.1920 für tot erklärt.

Pauline und Max Karels

Pauline und Max Karels

Pauline, geb. am 21.11.1896 in Münster, gest. am 05.11.1942 im KZ Auschwitz. Sie war von Beruf Volontärin. Sie war am 02.07.1920 die Ehefrau des reisenden Textilverkäufer Max Karels, geb. am 16.08.1891 in Meersen/NL geworden und zog mit diesem nach Maastrich/NL. Sie hatten zwei Söhne, Julien (Spitzname Jules) und Louis Robert. Die Familie Karels besaßen ein eigenes Haus mit einem Textil- und Manufakturgeschäft. Max Karels und seine Söhne waren evangelisch, Pauline war jüdischer Abstammung. Als im Juli 1942 die Deportationen der Juden aus den Niederlanden begannen, wurden Max, Pauline und Julien verhaftet und nach Auschwitz gebracht und direkt nach ihrer Ankunft ermordet. Louis Robert wurde am 16. November 1942 verhaftet, nach Auschwitz gebracht und am 20. Februar 1943 ermordet.

Adolf, geb. am 04.06.1898 in Münster, war Kaufmann und wohnte im Elternhaus in Münster. Er heiratete am 16.09.1922 in Münster die Freckenhorsterin Anna Maria Born. Sie war evangelisch, wodurch er glücklicherweise geschützt war. Sie hatten keine Kinder. Er züchtete nebenberuflich die Hunderasse Dobermann. 1940 war er Arbeiter. Da er in einer Mischehe lebte, hatte er Glück und wurde von den Deportationen der Jahre 1041/42 nicht erfasst. Als das

7

Haus durch Bombenangriffe zerstört wurde, kam seine Frau am 10.10.1944 ums Leben. Nun griff das Deportationsschutzgesetz nicht mehr, er wurde verhaftet und mit zwei weiteren Menschen in vergleichbarer Situation nach Theresienstadt gebracht. Theresienstadt war das Durchgangslager für das KZ Auschwitz. Dorthin wurde er am 28.09.1944 deportiert. Beim Herannahen russischer Truppen wurde er wieder nach Westen verfrachtet und kam am 10.01.1945 in eines der Arbeitslager in Kaufering/Kr. Landsberg, die der Organisation Tod als Außenkommando des KZ Dachau unterstanden, wo er vermutlich durch Erschießen sein Leben verlor.

Vor dem 1. Weltkrieg war unser Vater aktiver Soldat bei der Infanterie. Er wollte eigentlich zur Kavallerie, wurde aber wegen seines Leistenbruchs, den er sich beim Fußballspielen zugezogen hatte, nicht genommen. Bei Ausbruch des 1. Weltkrieges wurden er und Onkel Robert wieder Soldaten. Beide kamen zum Paderborner-Infanterie-Regiment Nr. 158.

Unser Vater war in der 1. Kompanie, Onkel Robert kam in eine andere Kompanie. Das Regiment Nr. 158 gehörte zur 50. Infanterie-Division und diese wiederum zur Kronprinzen-Armee. U.a. wurden sie bei Verdun eingesetzt. Hier nahmen beide an der Erstürmung des Fort Vaux teil. Dabei wurde Onkel Robert verwundet, konnte aber noch allein gehen. Er wurde zum Verbandsplatz zurückgeschickt, kam dort aber nicht an. Man vermutete, dass er auf dem Weg einem Volltreffer eines Artillerie-Geschosses zum Opfer fiel oder verschüttet wurde.

Unser Vater war einer der ersten 30 Männer unter Führung des Kompanie-Führers Leutnant Rackow, die als erste in das Fort Vaux eindrangen. Für diese Tat erhielt Leutnant Rackow den höchsten preußischen Orden Pour le Mérite. Zwei Mann bekamen das EK 1, alle anderen das EK 2 verliehen. Bei der Erstürmung des Forts gab es hohe eigene Verluste, auch unser Vater wurde hierbei verwundet - im Verlaufe des Krieges übrigens dreimal.

An Auszeichnungen hatte unser Vater das EK 2, das Kriegsverdienstkreuz, die Westfälische Tapferkeitsmedaille, das Silberne Verwundetenabzeichen, das Bewährungsabzeichen des Westfälischen-Freikorps von Pfeffer, das Baltenkreuz 1. Klasse und noch einige mehr.

Von 1918 bis 1920 nahm er auch an den Kämpfen im Baltikum teil sowie später im Ruhrgebiet an der Niederschlagung der aufständigen Separatisten und Revoluzzer. Diese hatten u.a. in Essen 100 Polizisten, die sie in einem Wasserturm eingeschlossen und umstellt hatten, nachdem sie sich ergeben hatten, kurzerhand erschossen.

Die Freikorps waren damals von der Regierung (mit Billigung der Entente) von den Grenzen in Ostpreußen, Schlesien usw. ins Inland gerufen worden, um die Öffentliche Ordnung wiederherzustellen. 1920 wurden die Freikorps auf Veranlassung der Siegermächte aufgelöst.

Aus der Ehe Johann Georg Selau und Friedericke Selau geb. Podin sind folgende Kinder hervorgegangen:

Friedericke und Johann Georg Selau

Antonie Marie, unsere Mutter, Antonie Marie Herz · Antonie und Tochter Erna 1945
Friedericke Adelheit, Hans
und Gertrud. Sie alle wurden in Danzig geboren. Ihre 17-jährige Schwester Gertrud wurde von ihrem Bruder Hans vergewaltigt. Daraufhin erlitt sie einen Nervenzusammenbruch und wurde in Tapiau in eine Nervenklinik eingeliefert. Hier wurde sie mit kaltem Wasser behandelt, worauf sie eine Lungenentzündung bekam und kurz darauf starb. Hans Selau wurde nie zur Verantwortung gezogen, aus Scham der Familie wurde der Vorfall vertuscht.

Da Hans auch unserer Mutter nachstellte, bekam sie es mit der Angst zu tun und floh zu ihrem Halbbruder Kurt Podin nach Dortmund. Hier arbeitete sie in einem Hotel, wo sie auch unseren Vater kennen lernte. In Dortmund verbrachten unsere Eltern eine schöne Zeit, sie gingen oft aus und amüsierten sich, jedoch seine Eltern, vor allem die Mutter, hatten etwas dagegen, da unsere Mutter aus einfachen Verhältnissen stammte. Sie hatte schon eine andere standesgemäße Frau für unseren Vater vorgesehen.

Unsere Mutter bekam Heimweh und wollte wieder nach Danzig zurück. Als Vaters Eltern zu Besuch seiner Geschwister nach Holland fuhren, heirateten beide am 05. März 1924 in Dortmund – Sohn Werner war da schon unterwegs - und siedelten nach Danzig um.

Danzig war zu der Zeit Freistaat und unser Vater damit Ausländer, das heißt, er brauchte eine Arbeitserlaubnis und vom Wohnungsamt eine Mieterlaubnis. Sie waren nun gezwungen eine Wohnung zur Untermiete zu suchen. Fürs Erste wohnten sie bei unseren Großeltern Selau auf dem Kneip Hof in der Fleischergasse, wo auch Werner am 07, November 1924 geboren wurde. Von da aus zogen sie später in die große Schwalbengasse Nr. 4, wo Erna am 30. März 1926 das Licht der Welt erblickte. Da es hier durch den Familienzuwachs zu eng wurde, fanden sie eine Wohnung auf dem Vorstädtischen Graben Nr. 59 bei einem alten Mann, Herrn Weichbrot. Er hatte keine Angehörigen mehr und wohnte dort allein. Die Wohnung befand sich im dritten Stockwerk nach Süden gerichtet und war von daher sehr sonnig. Hier wurden auch Robert, Jg. 1927, und Gerda, Jg. 1929, geboren. Ein Stockwerk tiefer wohnte die Familie Jorkowsk. Mit ihr entwickelte sich eine Freundschaft, die bis Kriegsende hielt. Während der Nazizeit mussten sie ihren Namen ändern und hießen dann Jork. Die Familie Jork hatte drei Kinder: Horst, der Versicherungskaufmann bei der Nordstern wurde und später in Königsberg/Ostpr. eine Kneipe aufmachte, die während des Krieges zerstört wurde. Die Tochter Herta war Büroange-stellte und Sohn Heinz wurde Berufssoldat (12 Ender). Vor Leningrad erhielt Heinz einen Bauchschuss, woran er später starb.

Da unsere Eltern zu der Zeit noch verhältnismäßig jung waren, gingen sie öf-ters aus. Der alte Weichbrot passte dann auf uns Kinder auf, was er sehr gerne tat. Der Dank war verlockend: Da Herr Weichbrot gerne mal ein Gläschen Schnaps trank, brachte unser Vater ihm öfter mal eine Flasche mit.

Von Zeit zu Zeit schlief Werner bei Herrn Weichbrot im Bett, er wiederum sang ihm dann alte Soldatenlieder vor, was dem kleinen Werner sehr gefiel. In einer Silvesternacht wurde Werner durch das Krachen der Böller und Kano-nenschläge wach. Da wurden im alten Weichbrot alte Erinnerungen aus seiner Kriegszeit 1870 - 71 wach. Dann stimmte er die Lieder an: „Ich hatte einen Kameraden, einen besseren findest du nicht" und „Gloria, Gloria, mit Herz und Hand, mit dem Säbel in der Hand fürs Vaterland". Ein weiteres Lied hieß:

„Das ist die Garde, die ihren Kaiser liebt, das ist die Garde, die da stirbt und sich nicht ergibt". Dabei schlug er eine besondere Schlacht, denn nachts kamen zwischen den Holzbrettern der Wände die Wanzen hervor. Er erhob sich im Bett und schlug mit den Pantoffeln auf die Viecher ein, teilweise zerdrückte er sie mit dem Daumen. Das gab natürlich ein schönes blutiges Muster an den Wänden, das störte ihn aber nicht. Eine Renovierung ließ er nicht zu, erst als er gestorben war, konnten unsere Eltern das Zimmer entwanzen. 1929 starb Herr Weichbrot. Er vermachte dem gerade einmal 5 Jahre alten Werner seine silberne Taschenuhr. Da er aber noch zu klein war, um so eine Uhr zu tragen, hat unser Vater sie für ihn aufbewahrt.

Da der alte Herr Weichbrot nun nicht mehr da war und wir bei ihm zur Untermiete wohnten, bekamen wir vom Wohnungsamt die Räumung der Wohnung zugestellt. Weder Einwände des Hauswirtes noch der Nachbarn hatten Erfolg. Die Wohnung wurde von einflussreichen Leuten begehrt, da sie eben sehr sonnig und direkt im Stadtzentrum gelegen war.

Das führte zu der dringlichen Frage: „Wohin mit den vier Kindern?" Die einzige Antwort führte uns zum Umzug zum Radauneufer/Altschottland. Es war Herbst und regnete und der Abend brach herein, dementsprechend war die Stimmung. Die Möbel wurden von dem Fuhrunternehmer Räcke mit einem halboffenen Pferde-Möbelwagen transportiert. Werner durfte auf dem Kutschbock sitzen, unser Vater hatte hinten mit einigen Helfern Platz genommen. Die Fahrt nahm ihren Anfang, vom Vorstätischen Graben führte der Weg direkt auf das Polizeipräsidium auf den Karrenwall zu, sodass wir diesen über die Reitbahn zum Heumarkt umfahren mussten. Dieser lag direkt vorm Hohen Tor, von hier aus gingen sternförmig mehrere Ausfallstraßen in Richtung Innenstadt, nach Schidlitz, Emaus, Karthaus, nach Langfuhr, Oliva, Zoppot und Gedingen. Unsere führte über Petershagen, Ohra, St. Albrecht bis nach Dirschau. In der Zwischenzeit erreichten wir den Günther Schaffer Wall nach Petershagen. Links von der Straße verlief in einer Vertiefung die Eisenbahnlinie und rechts floss der Radaunekanal. Er war vom Deutschen Ritterorden zum Betreiben der Großen-Kornmühle neben der St. Katharinen Kirche gebaut worden. Der Radaunekanal mit der alten Radaune kam aus dem Radaunesee bei Karthaus und mündete „Am Brausenden Wasser" in die Mottlau.

11

Ab Petershagen begann der Radaunedamm. Von hier aus lag die Straße tiefer als die Radaune, und links und rechts standen hohe Bäume. Auf der anderen Seite der Radaune standen große Kastanienbäume und Linden. Da es schon dunkel wurde, wirkte der Weg gespenstisch. Auf der anderen Seite der Radaune war die Radauneuferstraße mit Kopfsteinpflaster belegt. Neben dem Möbelwagen schob unsere Mutter den Kinderwagen, in der Klein-Gerda lag, und neben sich die Kinder Erna und Robert. Sie weinte während der ganzen Fahrt leise vor sich hin. Werner sah dies vom Kutschbock aus, sprang herunter und half unserer Mutter den Kinderwagen zu schieben. Nach einiger Zeit kam die nächste Straßenbrücke in Sicht. Wir nannten sie „Fischersbrücke", weil dort der kleine Krämerladen der Familie Fischer lag. Kurz danach erreichten wir dann auch schon unser neues Zuhause.

St. Ignatius

Neben der Kirche St. Ignatius stand ein altes Klostergebäude, im Untergeschoss davon war die Wirtschaft „Zum Freundschaftlichen Garten" untergebracht. Im ersten Stock befanden sich fünf Wohnungen, eine davon wurde uns zugeteilt. Das Gebäude war sehr baufällig, wir bekamen die Wohnung nur, weil sie niemand haben wollte. Es waren zum Teil sehr große schlecht beheizte, sehr kalte Räume ohne elektrisches Licht. Wasseranschlüsse und Toiletten für alle Mietparteien befanden sich auf dem Flur. Es war wirklich die letzte Absteige und bedeutete vor allem für unseren Vater, der aus wohlhabendem Hause kam, eine Katastrophe.

Die Vermieterin war auch gleichzeitig die Wirtin der Gaststätte „Zum Freundschaftlichen Garten". In dessen Tanzlokal wurden ab und zu auch Feste gefeiert. Der Name der Wirtschaft bezog sich wohl auf den großen Garten gleich hinter der Terrasse. Er wurde als Bier- und Gemüsegarten genutzt. Viele Obstbäume spendeten genügend Schatten und luden zum Verweilen ein. Der hintere Teil des Gartens war sehr verwildert und damit ein wunderbarer Spielplatz für uns Kinder. Zwischen dem Gebäude und der Kirche befand sich noch ein schmaler Fahrweg (Greiners Gang) zur Baum- und Rosenschule des Barons Baggehfoudt Bergan. Das ganze Gelände hinter der Kirche sowie des Gartens stieg steil bergan, der ganze Bereich gehörte zu den alten Festungsanlagen der

Jesuitenschanze und diese wiederum zum Bischofsberg, welcher noch mit alten Kasematten durchzogen war.

In dieser alten baufälligen Wohnung kamen die Kinder Helga, Ilse und ich, Fredy, zur Welt. Die Wirtin war sehr kinderlieb, wahrscheinlich, weil sie keine eigenen hatte. Zu Ostern, Pfingsten und Weihnachten bekamen alle Kinder im Haus Geschenke von ihr, vor allem Süßigkeiten. Sie hielt sich drei Haustiere, einen schwarzen Schäferhund namens Roland, bei dem es sich um einen abgerichteten Polizeihund handelte, die schwarz-weiße Katze „Schnürsenkel" und den Papagei „Laura". Mit diesen drei Tieren machte sie auf dem Radauneufer öfter im Morgenrock einen Morgenspaziergang. Sie war ein stattlicher Zara-Leander-Typ im reifen Frauenalter. Der Hund lief dann neben ihr her, auf der Schulter thronte der Papagei und hinter ihr schlich die Katze. Abgesehen von diesen Spaziergängen verließ sie eigentlich nie das Haus. Die notwendigen Besorgungen machte das Dienstmädchen Jenny.

Ende des Jahres 1935 verstarb die Wirtin ganz überraschend. Von Amtswegen mussten alle Mieter das Haus wegen Baufälligkeit räumen. Es musste abgerissen werden. Also ging es wiedermal auf Reisen, dieses Mal wieder zurück in die Innenstadt. Durch die Bekannte Familie Bödrich, die eine bessere Wohnung in der Barbaragasse bezogen hatte, erhielten wir auf Langgarten 105 eine Wohnung über dem Kino Capitol. Auch diese Wohnung wollte niemand haben, die Küche war sehr dunkel, denn es hatte nur ein kleines Fenster unter der Decke zum Durchgang zum Sprengelshof. Der Blick vom Wohn- und Schlafzimmer aus fiel direkt auf eine ca. drei Meter entfernte Wand, die zum Kinosaal gehörte. Im Schlafzimmer standen vier Betten, in denen jeweils zwei Personen schliefen. Der älteste Sohn Werner schlief im Wohnzimmer auf dem Chaiselongue. Der Vorteil dieser Wohnung war allerdings, dass alle erforderlichen Geschäfte in der Nähe waren. Direkt vor dem Haus war die Straßenbahnhaltestelle, nebenan die Großbäckerei und Zwieback-Fabrik Ausländer. Ferner gab es ein Schreibwarengeschäft, einen Friseur, einen Kolonialwarenladen, einen Gemüsehändler und eine Apotheke sowie eine Kneipe in der Nähe. Hier lebten wir bis Kriegsende.

Ich bin nicht immer brav gewesen, aus dem Kindergarten bin ich rausgeflogen, da ich in der Mittagspause nicht still sein konnte. Auch habe ich nicht alles gegessen und getrunken, was man mir vorgesetzt hatte. Auch zu Hause bereitete ich meinen Eltern so manche Sorgen. In unserer Küche war es sehr dunkel, nur ein kleines Oberlicht an der einen Wand ließ etwas Licht herein. Es war so dunkel, dass wir tagsüber das Licht einschalten mussten.

Eine Angewohnheit unserer Mutter war es, dass sie ihre Tasche nach der Rückkehr vom Einkaufen zuerst auf den Vorbau des Küchenschranks stellte, der direkt neben der Tür stand und dann erst das Licht anmachte. Eine Angewohnheit, die ihr später das Leben retten sollte. So kam sie eines Tages vom Einkauf zurück, öffnete die Tür und wollte wie gewohnt ihre Tasche auf den Küchenschrank stellen. Dabei kam sie ins Rutschen, schaltete das Licht an und traute ihren Augen nicht. Ihr jüngster Sohn Fredy, also ich, saß auf dem Fußboden und rutschte mit dem Allerwertesten in einem See von zerschlagenen Eiern, die ich in einer Schüssel im Küchenschrank entdeckt habe, hin und her.

Wie ich schon erwähnte, war es Mutters Angewohnheit, beim Zurückkehren von Einkäufen u.ä., die Tür zu öffnen und erst nach Abstellen der Taschen das Licht einzuschalten. Einmal funktionierte es allerdings nicht wie gewohnt. Die Tür ließ sich nicht einfach öffnen, ein Hindernis lag wohl im Weg. Schnell stellte sich dabei heraus, dass es sich dabei um unsere Katze handelte, die vermutlich beim Spielen den Schlauch vom Gashahn abgezogen hatte, sodass das Gas ungehindert in die Wohnung strömen konnte. Die Katze hatte sich bis zur Tür geschleppt und davorgelegt, warum auch immer? Jedenfalls bemerkte unsere Mutter sofort den Gasgeruch. Ohne das Licht einzuschalten, eilte sie ins Wohnzimmer und öffnete alle Fester und die Tür. Hätte sie wie gewohnt den Lichtschalter betätigt, wäre eine Explosion wohl unausweichlich gewesen.

 Auch sonst habe ich es immer gut verstanden meine Geschwister – allen voran die Mädchen - zu ärgern. Vor der großen Wäsche, bei der unsere Küche drei Tage in eine Waschküche verwandelt wurde und alle das Weite suchten, wurde die Wäsche in einer großen Zinkwanne eingeweicht. Es war für mich ein großes Vergnügen, wenn sich die Gelegenheit ergab, dass ich meinen Schwestern durch einen Schupps zu einem Bad verhalf. Leider waren sie damit nicht einverstanden und ich sollte eine verdiente Strafe bekommen. Aber hinter dem kräftigen Rücken (Po) meiner Mutter habe ich stets den entsprechenden

Schutz gefunden. Ich glaube nach den Erzählungen meiner älteren Geschwister, dass sie mit mir als kleinem Bub ziemlichen Ärger hatten.

Mit ca. 4 Jahren war das wohl meine Rache. Im Winter, wenn es draußen sehr kalt war und der Boden mit Schnee bedeckt war, wollte ich immer raus, also mussten die Mädchen mit mir auf dem Schlitten auf Tour gehen. Sie sind dann mit mir ein wenig um die Ecke gefahren und dann nichts wie wieder nach Hause, denn es war ihnen zu kalt. Zu Hause angekommen, schrie ich gleich los: „Ich will raus!"

Und wieder mussten sie mit mir losziehen. Die Folge war, dass sie mich aus Ärger heraus dann mit dem Schlitten einfach umgekippt haben, in der Hoffnung, dass ich von der Fahrt im Schnee genug hätte. Wieder zu Hause angekommen, begann das Spiel von vorne – ich will raus.

Als Kinder waren wir den ganzen Tag draußen und im Sommer selbstverständlich barfuß. Nur einmal hatte das für mich schlimme Folgen. Ich hatte mir etwas in den Fuß getreten, an der Fußsohle bildete sich eine dicke Beule, die von Tag zu Tag schmerzhafter wurde. Nach einiger Zeit bin ich wie auf einem dicken Polster gelaufen und die Schmerzen wurden immer unerträglicher, bis ich gar nicht mehr laufen konnte. Ich war sicherlich schon sechs Jahre alt und bestimmt nicht mehr ganz leicht. Welch eine Bewunderung für meine Mutter, als sie mich auf dem Arm durch die halbe Stadt zu einem Arzt trug. Es gab bestimmt auch in der Nähe Ärzte. Diese haben uns aber wegen unserer Abstammung nicht behandeln dürfen oder wollten es nicht. Der Arzt sah sich die dicke Blase an meinem Fuß an, mit einem Skalpell schnitt er sie auf und die ovale Arztschale war fast voll mit Eiter. „Es war höchste Zeit", sagte er zu meiner Mutter. „Wir stehen kurz vor einer Blutvergiftung."

Nachdem die Blase geöffnet war, waren auch die Schmerzen weg. Mit einem dicken Verband um den Fuß trug mich meine Mutter den ganzen Weg wieder zurück nach Hause.

Auf der anderen Straßenseite von Langgarten wohnte mein Freund Günter. Wir waren unzertrennlich. Was wir machten, taten wir gemeinsam, Gutes oder Schlechtes. Einige Streiche, die eigentlich keine mehr waren, möchte ich hier erwähnen:

Wir waren ständig auf Entdeckungstour und stromerten überall herum. Wir wollten klettern gehen und so machten wir uns auf dem Weg zum Hagelsberg hinter dem Bahnhof, also ziemlich weit weg von zu Hause. Dort war eine Stelle, an der Lehm abgebaut wurde, ein ideales Kletterrevier für uns – dachten wir. Mit sehr viel Mühe schafften wir es dann auch und waren stolz auf uns. Natürlich haben wir uns über die Gefahr, dass wir hätten abstürzen können, keine Gedanken gemacht.

Auf dem Berg angekommen, standen wir mitten in einem Buchenwald. Der Boden war voll von Bucheckern, wir mussten uns nur bücken, um sie aufzusammeln. Dass Bucheckern essbar waren, haben wir von irgendwoher gewusst. Also stopften wir uns den Bauch voll. Wie viel wir gegessen haben, kann ich nicht mehr sagen, aber die Reaktion meines Magens sagte, es sei sehr viel gewesen. Denn als wir wieder zu Hause waren, wurde es mir furchtbar schlecht und mein Magen brachte alles wieder zum Vorschein. Natürlich wussten wir nicht, dass Bucheckern sehr ölhaltig sind; so war es nur verständlich, dass der Magen sie nicht behalten wollte.

In der Langgasse war das große Kaufhaus Sternfeld. Am Eingang stand ein Behälter mit kleinen Fahnenstangen, ca. 1,5 Meter lang, die eigneten sich gut als Speere zum Spielen. Wir waren zwar klein, aber schnell und zwar so schnell, dass wir jeder eine Stange aus dem Behälter zogen und so schnell wir konnten Richtung Langgarten liefen. Wir hatten es geschafft. Nicht so einfach war es auf Langgarten/Ecke Barbarastrasse. Dort im Kolonialwarengeschäft standen vor der Verkaufstheke große Bonbongläser, wie sie früher üblich waren, gefüllt mit weißem und braunem Kandiszucker. Die Stücke im Glas waren ziemlich groß und an einem Stück hatte man fast den ganzen Tag zu lutschen. Geld hatten wir keines, also mussten wir unseren ganzen Mut aufbringen und ein hohes Risiko eingehen. Ich stand harmlos im Laden, den Rücken zu den Gläsern mit dem Kandiszucker gewandt. Damit wir nicht auffielen, haben wir gewartet, bis möglichst viele Leute im Geschäft waren. Mit der einen Hand habe ich ganz langsam den Glasdeckel angehoben, bis ich mit der anderen Hand in das Glas greifen konnte. Greifen ist wohl der richtige Ausdruck, denn in dem Moment, in dem ich ein großes Stück von dem Kandiszucker in der Hand hatte, ließ ich den Deckel fallen und rannte so schnell ich konnte davon. In diesem Laden konnten wir uns nicht wieder blicken lassen. Eigentlich schade, denn der Kandiszucker war köstlich.

Nicht weit von uns hinterm Langgarter Tor war der Kleinbahnhof. Hier standen oft Güterwagons voll mit Mohrrüben, die Wagons waren verplombt. Für einen echten Danziger Bowke stellte die natürlich kein Problem dar. Schnell waren die Plomben entfernt und die Mohrrüben wanderten in unseren Magen. Wir wollten ja nicht alle stehlen, nein, wir nahmen nur so viele, wie wir vor Ort essen konnten. Als Kinder hatten wir immer Hunger, denn die Mahlzeiten waren sehr knapp bemessen. So waren die Mohrrüben ein willkommener Schmaus.

Im Winter war es immer sehr früh dunkel. Es sprach sich eines Tages herum, dass am Kleinbahnhof ein Wagon mit Kürbissen stand, hm, die schmeckten süß-sauer eingelegt besonders gut. Auch die getrockneten Kerne waren eine Delikatesse. Und schon waren wir am Kleinbahnhof und stahlen einen Kürbis. Meiner war sehr groß und ich hatte Mühe ihn nach Hause zu tragen. Meine Eltern waren sprachlos, aber was sollten sie machen? Zurückschicken ging nicht, also blieb es bei einem Donnerwetter. Einige Tage später waren wir schon wieder am Kleinbahnhof, da gab es schließlich immer etwas zu holen.

Nur einmal gab es ein kleines Malheur. Einige Männer oder auch große Jungen, so genau weiß ich es nicht mehr, öffneten einen Wagon und wurden durch das Gebrüll einiger Kühe oder Stiere überrascht. Zumachen ging nicht, also blieb nur noch der eilige Rückzug in Richtung Langgarten. Ich glaube, die Rindviecher hatten den gleichen Gedanken, nichts wie raus aus dem Wagon und ab in Richtung Langgarten, immer hinter uns her. Es war dunkel und die Geschäfte waren hell erleuchtet. So blieb es nicht aus, dass einige der Ausreißer vor dem Schaufenster stehenblieben und mit ihren großen Kuhaugen die Menschen anstarrten und blökten. Die Leute in den Läden erschraken und schrien, vor allem die Frauen - na ja, wie Frauen das halt immer so tun. Panik brach in den Straßen aus, denn so etwas hatte es auf Langgarten noch nicht gegeben. Polizei und Metzger hatten fast die halbe Nacht damit zu tun, die Viecher wieder zum Kleinbahnhof und in die Wagons zu treiben. Für uns Kinder war es die reinste Gaudi, das mit zu erleben.

Langgarten

Langgarten aus anderer Sicht

1945

Langgarten heute

Langgarten war eine zweispurige Straße mit einem Grünstreifen in der Mitte, auf der die Straßenbahn fuhr. Direkt vor unserer Haustür war eine Haltestelle. Wir wohnten über einem Kino, das „Capitol", für meinen Freund Günter und für mich war es eine praktische, einträgliche Einrichtung, vor allem wenn es dunkel war. Bevor das Kino geöffnet wurde, drängelten sich viele Leute vor dem Eingang. Günter und ich hatten einen idealen Einfall, wir stellten uns an den Straßenrand und wenn die Leute, vor allem Männer, aus der Straßenbahn kamen und ins Kino wollten, haben wir sie einfach angesprochen. „Onkel, hast du einen Ditchen (Zehnpfennigstück), ich muss mit der Straßenbahn nach Hause fahren." Man glaubt gar nicht, wie großzügig die meisten waren. Als die Leute dann im Kino waren, haben wir Bilanz gezogen, es hatte sich immer gelohnt. Am nächsten Tag sind wir zur Bäckerei Steuke gegangen und haben uns frische, besonders leckere Roggenbrötchen gekauft.

Neben dem Kino hatte der Gemüsehändler Habermann sein Geschäft. Sobald wir sahen, dass Herr Habermann mit Pferd und Wagen in Richtung Kleinbahnhof fuhr, legten wir uns in der Nähe des Langgarter Tor auf die Lauer. Als Habermann mit seinem Gespann in Sicht kam, er hatte immer Obst auf dem Wagen, schlichen wir uns von hinten an den Wagen ran, kletterten rauf und klauten jeder eine schöne große Butterbirne; die Früchte waren so richtig saftig und unwiderstehlich. Unser Gemüsehändler kannte uns schon und so wusste er immer, dass wir hinten dranhingen. Natürlich ließ er es nicht immer einfach so geschehen, ab und zu zischte seine Peitsche nach hinten, und oft mussten wir eine Birne oder Apfel mit einem Striemen bezahlen.

Der Kartenabreißer im Kino hieß Kniebel. Sonntags bei den Märchenvorstellungen waren die Vorstellungen stets ausverkauft. Kurz bevor der Film begann und Herr Kniebel die Absperrung schließen wollte, standen wir da und bettelten: „Herr Kniebel, dürfen wir bitte um sonst rein?" Er wusste, dass wir aus dem Haus waren und kein Geld hatten, so hatte er oft ein großes Herz für kleine Rabauken.

Soldaten und nichts als Soldaten marschierten durch unsere Straße in Richtung Langgasse. Sie kamen aus der nahegelegenen Weidengasse, denn dort befanden sich drei große Kasernen. Da es so viele waren, musste etwas Besonderes gewesen sein, deshalb marschierten wir Kinder gerne mit. Die Militärkolonne endete auf dem Theaterplatz vor dem Stadttheater. Ich krabbelte auf einen Pfeilervorsprung, von dem aus ich eine gute Übersicht hatte. Vor dem Theater war ein großes Podest aufgebaut, auf dem hohe Offiziere versammelt waren. Ich bin mir nicht ganz sicher, aber ich glaube, Adolf Hitler war einmal in Danzig und hielt eine große Rede vor den Soldaten. Am Schluss marschierten die Soldaten der Reihe nach im Stechschritt beginnend wieder in Richtung Langgarten. Interessant war, dass sie nicht zurück in die Kasernen gingen, sondern weiter nach Heubude in Richtung Ostseestrand marschierten. Wir Jungens begleiteten die Soldaten und waren stolz, dass wir ihre Stahlhelme tragen durften. Leider merkten wir nicht, dass es immer später und dunkler wurde und schließlich schickten uns die Soldaten nach Hause. Traurig machten wir uns auf den Heimweg, der noch ziemlich lang war.

Es war schon neun Uhr, als ich die Wohnungstür öffnete und sagte, dass ich Durst habe. Normalerweise musste ich um sieben Uhr ins Bett. So war es verständlich, dass meine Eltern sich Sorgen um mich gemacht haben. Ein Donnerwetter brach über mich herein, was wohl verständlich war. Gerade in den schwierigen Zeiten begleiteten uns und vor allem unsere Eltern die Angst vor der Polizei und der Gestapo.

Mit sieben Jahre wurde ich eingeschult, ein interessanter Vorgang, da ich auf die Schule nicht vorbereitet war. Während ich mit Freunden auf der Straße spielte, kam meine Mutter, nahm mich an die Hand und ab ging es zur Althof Schule.

Althof Schule

„So", sagte sie, „hierher gehst du jetzt jeden Tag und bist artig, wie es sich gehört."

Was Mutter sagte, wurde natürlich selbstverständlich gemacht, nur *wie*, das war eine andere Frage. Freund Günter und ich hatten nämlich die große Vorliebe Schaufenster anzuschauen. So mussten wir auf dem Schulweg vor jedem Geschäft stehenbleiben, um hineinzuschauen. Die Folge war, dass wir jeden Tag zu spät in die Schule kamen. Ich musste immer zuerst rein. Auf die Frage, warum ich zu spät käme, antwortete ich: „Ich musste auf meinen kleinen Bruder aufpassen."

Das Gleiche sagte Günter. Auch er musste auf seinen kleinen Bruder aufpassen. Das wiederholte sich jeden Tag. „Ich weiß", sagte unsere Lehrerin, sie war schon ein etwas älteres Semester: „Ihr musstet auf eure kleinen Brüder aufpassen. Nur Ihr scheint nicht zu wissen, dass ich weiß, dass Ihr keine kleineren Brüder habt."

Schließlich gelobten wir in Zukunft pünktlich zu sein, was uns mit der Zeit dann auch gelang.

Der Heimweg von der Schule nach Hause wurde danach auch zu einem Problem. Wir wählten nicht den direkten kurzen Weg, sondern machten einen Umweg über den Englischen Damm zum Kielgraben, das war ein Nebenarm der Mottlau. Hier stand das Elektrizitätswerk, dessen Kühlwasser in den Kielgraben geleitet wurde und somit das Wasser erwärmte. Das war genau das Richtige für uns, und wir ließen uns die Gelegenheit nicht nehmen, in diesem warmen Wasser zu baden. Da wir keine Badehosen besaßen, badeten wir nackt. In einer flachen Ecke (s. Bild) habe ich dann schwimmen gelernt. Einer des größeren Jungens sah das, kam zu mir, zog mich immer etwas weiter vom Land weg und ließ mich dann wieder zur Ecke schwimmen.

Der Kielgraben mit der Ecke, in der ich schwimmen gelernt habe.

Erst paddelte ich wie ein Hund, nach kurzer Zeit konnte ich plötzlich allein schon 10 bis 15 Meter schwimmen. Schon am nächsten Tag war ich mit dem Wasser vertraut und schwamm und tauchte wie ein Fisch.

Ich erwähnte, dass es zu einem Problem wurde, denn meine Mutter hatte mir streng verboten am Kielgraben zu spielen. Sie drohte mir, dass wenn sie mich am Kielgraben erwische, ich von dort bis zu Hause eine Tracht Prügel bekäme. Sie hatte Angst, ich könnte ins Wasser fallen und ertrinken, was auch einmal fast passiert wäre - dazu später. Sie hatte ja keine Ahnung, dass ich schwimmen konnte und sagen wollte ich es auch nicht. Spätestens dann hätte sie gewusst, dass ich ihre Anweisungen missachtet hatte und davor hatte ich höllische Angst. Es war polizeilich verboten am Kielgraben zu baden. Nicht selten sind wir nackt durch die Plankengasse geflüchtet, um nicht von der Wasserschutzpolizei erwischt zu werden. Hinzu kam, dass die in der Nähe wohnenden Einwohner vom Bleihof ihren Unrat ins Wasser warfen. Alte Öfen, Metallmatratzen und sonstige Gegenstände wurden schon aus dem Wasser gezogen.

Eines Tages fuhr mir der Schreck in die Glieder. Mein Bruder Robert tauchte mit seinem Freund am Kielgraben auf und entdeckte mich im Wasser. Schnell hatte er sich ausgezogen und wollte mich aus dem Wasser fischen. Wenn er bei mir war, tauchte ich unter und an einer anderen Stelle wieder auf. Zu Hause hatte mein Bruder nichts Besseres zu tun, als meiner Mutter zu erzählen, dass er mich am Kielgraben gesehen hat. Bevor aber unsere Mutter ein Gewitter veranstaltete, erzählte ihr mein Bruder, dass ich wie ein Fisch schwimmen konnte und man mich trotz eifriger Jagd nicht hatte fangen können. Daraufhin nähte mir meine Mutter eine Badehose. Von nun an durfte ich, wenn auch mit einigen Maßregelungen, die ich zu berücksichtigten hatte, am Kielgraben schwimmen.

An der einen Uferseite des Kielgrabens lagen viele Baumstämme im Wasser, die mit großen Krampen verbunden waren. Auf diesen Stämmen turnten wir herum und fingen Frösche, die wir oft in den Gully warfen. Die Stämme waren nass und glitschig, so blieb es natürlich nicht aus, dass ich plötzlich ausrutschte und mit voller Kleidung ins Wasser fiel. Mit allen Tricks versuchten wir die Kleidung zu trocknen, was auch einigermaßen gelang. Was ich nicht gesehen hatte, war, dass mein Rücken voll mit Entenflott bedeckt war - das waren so kleine grüne, runde Blättchen, die auf dem Wasser schwammen. Bei der

Abendwäsche, damals wurde ich noch von meiner Mutter gewaschen, fragte sie mich, wie ich an das Entenflott an meinem Körper käme. Nun, ich konnte doch nicht sagen, dass ich am Kielgraben ins Wasser gefallen war. So ließ ich mir eine Notlüge einfallen und erzählte frei heraus, dass ich bei einem Freund vom Sprengels Hof in einen Bottich mit Entenflott gefallen war. Meine Mutter wusste, dass diese Familie Enten im Stall hatten. Ob sie mir diese Lüge geglaubt hat, habe ich nie erfahren.

Zurück zu den Baumstämmen im Wasser und dem eigentlichen Problem, das ich damit noch bekommen sollte: Zwischen den Stämmen waren zwei Stämme etwas kürzer als die anderen. Wir machten uns einen Spaß daraus unter die Stämme zu tauchen, um in der Lücke wiederaufzutauchen. Damals tauchten wir noch mit geschlossenen Augen und so kam es dann, dass ich einmal zu weit getaucht bin und die Lücke nicht mehr fand. Die Luft wurde mir langsam knapp, bis mir jemand in die Haare griff und mich aus der Lücke zog. Nachdem meine Freunde bemerkt hatten, dass ich zu lange unter Wasser war, bekamen sie es mit der Angst zu tun und fuchtelten mit den Händen unter den Balken und bekamen mich zu fassen. Zum Glück war ich nicht zu weit von der Öffnung entfernt, ich wusste ja nicht, ob ich zu weit oder zu kurz getaucht war.

Eines Tages, der Sommer war schon fast zu Ende, gab mir meine Mutter fünfzig Pfennig und schickte mich zum Schwimmen in die Badeanstalt Kampfbahn/Niederstadt. Sie war nicht weit von unserem Zuhause entfernt, nur bis zum Ende der Straße und schon war ich da. Die Badesaison war wohl schon vorbei, denn ich war die einzige Person im Schwimmbad. Aber das störte mich nicht, ich schwamm meine Bahnen hin und her, bis ich mich entschied, auf den Zehnmeterturm zu steigen, um herunterzuspringen. Entschlossen stieg ich die Leiter nach oben, ging vor bis zum Rand und schaute nach unten. Ziemlich hoch, stellte ich fest. Würde ich da überhaupt das Wasser treffen, wenn ich runterspränge? Mir kamen Zweifel. Ich schaute mich um und stellte fest, dass ich ganz allein war. Niemand sah mich, niemand schaute zu. Ich bin mir sicher, dass ich gesprungen wäre, wenn auch nur eine Person da gewesen wäre und zugeschaut hätte. Aber so ganz allein zog ich es vor die Stiegen nach unten zu benutzen. Vielleicht war es auch die Furcht, dass mir im Falle eines Falles niemand hätte helfen können. Ich habe mir dann an der Materialausgabe einen Medizinball geben lassen und auf dem Sportplatz gespielt.

Aus der Ferne hörte man Kanonendonner. Man wusste, die Ostfront rückte immer näher. Wir gingen täglich zur Schule und wurden nur noch aufgerufen, bekamen eine Vitamintablette und konnten wieder nach Hause. Unendliche Kolonnen von Pferdewagen, Handkarren und Menschen waren zu sehen, halb verfroren, aus Ostpreußen auf der Flucht vor den anrückenden Russen kommend. Tag und Nacht kamen die Flüchtenden und mussten versorgt werden. Auch in unserem Kinosaal wurden sie untergebracht und vom Roten Kreuz mit Broten und heißen Getränken versorgt. Dies war die Stunde für meinen Freund Günter Guse und mich. Wir beobachteten, wie sich die Leute anstellten, eine Personenzahl nannte und dafür belegte Brote bekamen. Wir stellten uns auch an und sagten: „Drei Personen." Dann bekamen wir je drei doppelte Scheiben belegte Brote. Wir setzten uns auf einen der Kinositze und aßen alles auf.

Immer häufiger gab es Fliegeralarm, und die Front rückte näher und näher. Unsere Rucksäcke und Koffer waren schon für den Ernstfall gepackt. Öfters sind wir Kinder nach Ohra zu unserer Oma gegangen und haben dort übernachtet. Leider nicht im entscheidenden Moment.

Umzug in den Luftschutzkeller

Es war wie immer, wenn nachts die Sirenen heulten: Wir Kinder wurden aus den Betten geholt und angezogen. Alle waren aufgeregt, denn in dieser Nacht war alles anders als sonst.

Irgendeine Unruhe lag in der Luft. Unsere Eltern sprachen leiser als sonst in so einer Situation und meine Geschwister flüsterten, als hätten sie Angst, uns könnte jemand hören. Schnell begaben wir uns nach draußen, die Nacht war durch den künstlichen Nebel grau. Wir überquerten die Straße, um in dem Luftschutzkeller, der auf der anderen Straßenseite in der Sparkasse lag, Schutz zu finden.

Der Keller war bereits voll besetzt, nur in Türnähe war noch Platz, denn da wollte niemand sitzen. Der Keller bestand aus drei Räumen, man erreichte sie über einen langen Gang, an dessen Ende sich eine Toilette befand. Gleich daneben eine große Doppeltür, die ebenerdig nach hinten zum Garten führte. Daran anschließend lag die große Herrengarten-Kaserne. Gegenüber der großen Tür ging es einige Stufen tiefer in den eigentlichen Luftschutzkeller. Am Ende der Treppe befand sich links ein separater Schutzraum. Dann führte der Gang weiter durch zwei eiserne Luftschutztüren zu zwei weiteren Schutzräumen. Diese Türen standen sonst immer offen und oben an der Doppeltür, die zum Garten führte, hielten sich einige Erwachsene auf und beobachteten den Himmel, um sich die Luftkämpfe der Deutschen mit den feindlichen Fliegern anzusehen.

Nicht so in dieser Nacht, niemand stand heute an der Gartentür, um den Nachthimmel zu betrachten, der von riesigen Scheinwerfern erleuchtet wurde.

Irgendwann sagte meine Mutter zu meiner ältesten Schwester: „Komm, wir gehen rüber!" Sie meinte damit, dass sie in unsere Wohnung auf der anderen Straßenseite gehen wolle. „Wir backen ein paar Mürbchen (Kekse)."

Nachdem sie das getan hatten, kamen sie in den Keller zurück mit der Bemerkung: „Dieses Mal sind wir dran, der Himmel ist voller Tannenbäume."

Alle anwesenden Erwachsenen wussten, was das bedeutete. Es dauerte auch nicht lange, da hörten wir in der Ferne die ersten Bombeneinschläge, die immer näherkamen.

Wir saßen im ersten der beiden nebeneinanderliegenden Kellerräume, deren Decke mit dicken Holzbalken und Stempeln abgestützt war. Meine Schwester Ilse und ich saßen auf der Mittelbank mitten im Raum gleich neben der offenstehenden Luftschutztür. Hilde Zemke, eine Freundin meiner ältesten Schwester Erna, musste dringend auf die Toilette und bedrängte meine Schwester mitzugehen, diese hatte jedoch Angst und zögerte glücklicherweise, was ihr später das Leben retten sollte.

Die Bombeneinschläge kamen näher, und die Ruhe im Keller wurde immer erdrückender. Unsere Angst stieg und wir hielten uns fast schmerzerzeugend aneinander fest. Der Keller mit seinen vielen Holzstützen erzitterte durch die immer näherkommenden Bombendetonationen.

Dann geschah es: Unser Vater stand plötzlich auf, begab sich zur Stahltür und schloss sie mit den beiden großen Kippriegeln. Kaum hat er sich von der Tür abgewandt, gab es einen riesigen Knall, als hätten Donner und Blitz eingeschlagen. Die Luftschutztür sprang auf, ein Feuerblitz schoss durch den Raum, Qualm fachte auf, brechende Balken krachten.

Wir mussten den Keller so schnell wie möglich verlassen, bevor er vollständig mit Wasser überflutet wurde. An Holzbalken und Brettern, womit die Decken vorher verstärkt wurden, hat es nicht gefehlt. So wurden schnell Balken und Bretter über den Bombentrichter gelegt und der Weg nach draußen war frei. Der gesamte hintere Teil des Gebäudes war weggerissen, von der im Flur gelegenen Toilette war nichts mehr zu sehen. Welch ein Glück für meine Schwester und ihre Freundin, sie hätten diesen Angriff nicht überlebt.

Noch bevor wir den Keller verließen sagte mein Bruder Robert zu mir: „Komm, lass uns nach Ohra gehen zu unserer Oma." Ich aber hatte Angst und wollte bei meiner Mutter bleiben. Nachdem wir den Luftschutzkeller verlassen hatten, gingen wir in unsere Wohnung auf der anderen Straßenseite, um einige Sachen zu holen und einen anderen Keller aufzusuchen, denn die Luftangriffe waren noch nicht vorbei.

Das Zollgebäude

Überall sah man brennende Häuser, die Straße war mit Mauersteinen und sonstigen Schutt übersäht.

Menschen irrten umher, niemand wusste so recht, wo er hinsollte, es war dunkle Nacht, der Himmel vom Feuerschein rot erleuchtet. Schließlich landeten wir im Gebäude des Landeszollamtes auf Schäferei. Hier gab es einen großen Luftschutzkeller, der allerdings schon ziemlich voll war. Trotzdem fanden wir noch einige Plätze, auf denen wir uns niederließen. In diesem Keller sollten wir uns einige Wochen ständig aufhalten, denn täglich folgte nun ein russischer Angriff nach dem anderen, und zwar pünktlich jeden Abend um 20:00 Uhr.

Die Zustände in diesem Keller wurden immer unerträglicher, die wenigen Toiletten waren total verstopft, einige Männer machten sich an die Arbeit und hoben im Innenhof eine große Grube aus und zimmerten darüber einen sogenannten Donnerbalken für die Notdurft. An Waschen oder Hinlegen zum Schlafen war nicht zu denken. Wir verbrachten die Zeit auf harten Holzbänken. Nach draußen durften wir Kinder nur in Begleitung Erwachsener und das nur für den Toilettengang. Jeden Abend um 20 Uhr begann die große Angst von Neuem.

Immer öfter wurde von Selbstmordabsichten gesprochen, da die Verzweiflung immer größer wurde.

In dem Kellergang, in dem sich unsere Familie befand, waren auch sieben französische Gefangene untergebracht, die auf ihr Schicksal warteten. Einer der Soldaten packte ein kleines Päckchen aus; darin befand sich eine gelbliche Masse, von der er mir etwas zum Naschen gab. Wahrscheinlich habe ich mit meinen großen Kinderaugen danach getrachtet.

Es hat derartig gut geschmeckt. Ich wusste nicht was es war, aber der Geschmack blieb mir jahrzehntelang in Erinnerung. Immer musste ich an diese gute Gabe denken und fragte mich, um was es sich dabei wohl handelte. Eines Tages kam mir die Erleuchtung: Es war kanadischer Bienenhonig. Natürlich kannten wir so etwas nicht, denn in den Kriegsjahren gab es nur Kunsthonig, jedenfalls in unserer Familie.

Die Lage im Keller wurde immer dramatischer, vor allem, als einige deutsche Soldaten sich dort einnisten wollten, um eine Verteidigungsstellung einzurichten. Der Protest der Kellerinsassen war so heftig, dass die Soldaten es dann vorzogen abzuziehen. Sie befürchteten, man könnte sie lynchen. Immerhin war der Keller mit 100 bis 150 Menschen gefüllt, die Soldaten waren nur zu fünft.

Eines Tages, wir trauten unseren Augen nicht, tauchte unsere Großmutter bei uns auf, sie wollte aus Danzig raus und war auf dem Weg in Richtung Gothenhafen. Von da aus sollten noch Schiffe über die Ostsee nach Westen fahren. Oma Selau war zu der Zeit 80 Jahre alt und machte sich zu Fuß auf den Weg.

Sie wollte unbedingt, dass wir mitgehen, was wir auch wollten. Aber kaum waren wir auf der Straße, sahen wir die russischen Flugzeuge, bekamen es mit Angst zu tun und kehrten schnell wieder in den Keller zurück.

Unsere Großmutter ließ sich allerdings nicht aufhalten, sie war immer schon sehr robust. Es gelang ihr auf dem Passagierschiff „Wilhelm Gustloff" einen Platz zu ergattern. Leider wurde ihr das zum Verhängnis, die Gustloff wurde durch einen Torpedoangriff am 30. Januar 1945 von einem russischen U-Boot versenkt. Unsere Oma befand sich zwar unter den 1000 geretteten Passagieren, musste aber durch den langen Aufenthalt im kalten Wasser ihre Beine lassen - diese waren ihr abgefroren. Ca. 8000 Männer, Frauen und Kinder ertranken, welch ein Glück, dass wir in Danzig geblieben waren. Die Geretteten wurden nach Dänemark gebracht, Tante Frieda hatte Oma dann von dort nach Dresden geholt, wo sie am 24.03.1953 im Alter von 88 Jahren starb.

Oma Selau war eine robuste Frau, die anpacken konnte, wenn es sein musste. Eines der zahlreichen Beispiele: Die Einstiege der Straßenbahnen waren früher sehr hoch. Als meine Oma einsteigen wollte und der Straßenbahnschaffner tatenlos zusah, wie Oma sich quälte in die Bahn zu gelangen, schlug sie kurzerhand mit dem Regenschirm auf ihn ein.

Oma Selau mit Erna vor dem Haus in Ohra

Ein anderes Beispiel: Opa Selau kam einmal betrunken nach Hause. Da prasselte ein Donnerwetter auf ihn herab. Oma war stinksauer. Nicht so sehr, weil sein Alkoholpegel zu hoch war, sondern vor allem, weil er die Kneipe demoliert hatte. Der Wirt hatte Opa angezeigt und die Polizei kam ins Haus, um ihn abzuholen. Die Treppe war sehr steil und schmal, wie es in den alten Häusern so üblich war. Man konnte nicht zu zweit nebeneinander rauf- oder runtergehen. Oma öffnete die Tür und wollte die zwei jungen Polizisten nicht reinlassen. Der erste Polizist wollte sich den Weg freimachen und Oma zur Seite schieben. Da passierte ihm ein Missgeschick. Er fasste der Oma aus Versehen an ihre Brust. Das war ein unverzeihlicher Faux pas! Oma griff nach der Kohlenschaufel und schlug auf die Polizisten ein. Beide Beamte fielen holterdiepolter die Treppe hinunter. Daraufhin gab es eine weitere Gerichtsverhandlung. Oma Selau sagte dem Richter, sie lasse sich nicht von einem jungen Burschen an die Brust fassen. Der Richter gab ihr Recht und sprach sie frei. Opa musste den Schaden in der Kneipe allerdings bezahlen.

Nach einigen Tagen versuchten wir dann doch noch aus Danzig rauszukommen. Aber auch dieses Mal kamen wir nicht weiter als bis zur Schäfereistraße; die lag direkt an der neuen Mottlau. Auf der anderen Seite des Flusses waren schon die Russen und kämpften um jeden Straßenzug. Und wieder packte uns die Angst und schnell kehrten wir in den Keller zurück. Die Gefahr im Kugelhagel umzukommen war einfach zu groß.

Der erste russische Soldat

So fügten wir uns unserem Schicksal und harrten der Dinge, die da noch kommen sollten. Sie ließen auch nicht lange auf sich warten, denn jetzt begann für uns das große Drama und Verzweiflung. Ganz überraschend stand plötzlich ein russischer Soldat im Keller, niemand hatte ihn vorher bemerkt. Er fragte, ob deutsche Soldaten im Keller seien und sagte immer wieder *Uhri, Uhri.* Die Leute gaben ihm aus Angst ihre Armbanduhren und gaben ihm dann noch Alkohol. Sie behandelten ihn wie einen guten Freund, bis er torkelnd den Keller verließ.

Es dauerte nicht lange, denn plötzlich ertönte lautes Kampfgeschrei, Schüsse fielen, alle mussten den Keller verlassen, die Männer mussten antreten und wurden gleich nach Danzig-Matzkau in ein ehemaliges SS-Strafvollzugslager gebracht. Unser Vater wurde glücklicherweise nach kurzer Zeit wieder freigelassen. Wir anderen durften nach einiger Zeit wieder in den Keller zurück. Alle Gepäckstücke waren durchwühlt worden. Kleidungsstücke lagen verteilt auf dem Boden. Die Menschen waren außer sich und verzweifelt. Nachdem wir alle unsere Koffer und Rucksäcke mit unserem letzten Hab und Gut wieder bestückt hatten, mussten wir den Keller verlassen.

Verzweifelnd durch die Nacht

Nun hieß es, wohin des Weges? Es war Nacht. Frauen und Kinder weinten, einige Mütter schrien und suchten nach ihren Kindern und Männern. Sie konnten es nicht glauben, dass die Männer weggeführt worden waren. Eines Tages liefen meine Mutter und wir 6 Kinder die Schäfereistraße in Richtung Langgarten entlang, als ein Russe kam und meiner Mutter ihren Koffer aus der linken Hand riss. An der rechten Hand hielt sie mich krampfhaft fest. Wir wurden begleitet von einer Bekannten mit ihrer Tochter. An der Kreuzung Langgarten-Schäferei lagen die russischen Soldaten und schossen in Richtung Langgarter Tor, wo die Gegenfront der deutschen Soldaten lag. Wir hatten keine andere Wahl und sahen zu, dass wir ungeschoren durch das Gewehr- und Maschinengewehrfeuer kamen. Schnell überquerten wir die Kreuzung und gingen in die Straße Mattenbuden. Es war wie bei Sodom und Gomorra – ein Albtraum. An der Mattenbuden-Brücke bahnte sich die Verzweiflung ihren Weg und unsere Mutter und auch ihre Bekannte wollten mit uns in die Mottlau springen und sich und uns das Leben nehmen.

Ich war in unserer Familie der Jüngste und gerade mal 9 Jahre alt. Mich packte die pure Angst, ich konnte doch schon schwimmen, und sterben wollte ich nicht. Also riss ich mich von der Hand meiner Mutter los und rannte davon. Mein Bruder Robert jagte hinter mir her und brachte mich wieder zurück. Ich weinte so fürchterlich, dass meine Mutter und ihre Bekannte den Selbstmordgedanken fallen ließen. So irrten wir weiter durch die Nacht und kamen in der Straße am Poggenpfuhl an ein Haus, das noch nicht abgebrannt war. Plötzlich entdeckten wird, dass die Tochter unserer Bekannten verschwunden war. Wir betraten das Haus und hielten uns in einem Raum mit schrägen Wänden auf. Plötzlich fing es überall an zu brennen und wir verließen schnell das Gebäude und rannten auf die Straße. Auf der anderen Seite in Flussnähe war ein Grundstück mit einem alten Schuppen. Wir suchten dort Unterschlupf, um uns zu verkriechen und Schutz zu suchen. Zu unserer Überraschung war der Schuppen mit Holz und jeder Menge Bettzeug gefüllt. Kurz nachdem wir dort drinnen waren, ließen wir uns geradezu auf die dicken Federbetten fallen und schliefen vor Erschöpfung sofort ein. Ich kann mich noch daran erinnern, dass ein Russe mit der Tochter unserer Bekannten an der Straße stand. Sie rief nach ihrer Mutter und den Namen unsere Mutter, doch unsere Angst war so groß, dass wir uns nicht gemeldet haben. Ich sah noch, wie draußen die Feuerfunken über den Schuppen flogen und dann schlief ich ein.

Ich weiß nicht, wie lange wir geschlafen haben. Irgendwann wurden wir von unserer Mutter geweckt und es passierte ein weiterer Albtraum: Der ganze Schuppen stand in Flammen. Alle schrien durcheinander, wir wussten im Moment nicht, wo der Ausgang war. Die Erwachsene stülpten uns Kindern Decken, die in dem Schuppen lagen, über die Köpfe und drängten uns ins Freie.

Wir waren sehr aufgeregt, hatten panische Angst und waren schließlich froh wenigstens heil aus den Flammen gekommen zu sein.

Der Versuch nach Ohra zu gehen

Es wurde beschlossen zur alten Wohnung unserer Oma nach Ohra zu gehen. Das lag etwas außerhalb der Stadt, und wir erhofften uns dort etwas mehr Sicherheit. Leider war die Straße durch eine Sperrung durch die Russen nicht passierbar, also mussten wir wieder zurück.

Und dann passierte es: Zwei meiner Schwestern waren plötzlich verschwunden. Suchen und Rufen waren zwecklos und im Dunkeln konnte man ohnehin nichts erkennen. Wir nahmen an, dass sie vielleicht doch noch durch die Sperre gekommen waren. Also versuchten wir über die Straße Petershagen nach Ohra zu kommen. Leider war hier kein Durchkommen, denn die Straße brannte in vielen kleinen Flammen, die durch Brandbomben verursacht worden waren.

So sind auch wir umhergeirrt

Also hieß es wieder dorthin zurückzukehren, von wo wir gekommen waren, an die Mottlau. Unterwegs sahen wir, wie ein betrunkener russischer Soldat eine junge Frau gegen eine Hauswand drückte und sie vermutlich vergewaltigen wollte. Ein zufällig daherkommender Panjewagen mit einem älteren russischen Soldaten darauf, hielt an, schlug auf den anderen Russen ein und befreite die junge Frau.

Die erste Nacht im Freien

Unser Weg führte uns durch einige Trümmer, in denen wir ein kleines Holzdach fanden, unter dem ein alter Wehrmachtsdampfkessel stand. Wir wussten, dass der Kessel doppelwandig war und zwischen den Wänden Wasser sein musste. Wir öffneten den Ablasshahn und tranken das daraus kommende rostige Wasser.

Die Nacht ging vorbei, der Morgen graute und es wurde langsam hell. Aber immer noch fegte die Stalinorgel über uns hinweg. Die Angst war noch nicht vorbei und die beiden Frauen beschlossen sich die Pulsadern durchzuschneiden, so groß war noch immer die Verzweiflung. Das war für mich wieder das Signal abzuhauen, denn auch jetzt wollte ich nicht sterben und rannte durch die Trümmer. Und wieder war es mein Bruder Robert, der mich einfing und zurückbrachte. So wurde der Tötungsversuch ein zweites Mal fallengelassen, zumal wir von Weitem Stimmen hörten. Wir sahen auf der nahe gelegenen Straße Menschen, die unter Aufsicht einiger Russen Steine wegräumten. Da mussten wir hin, denn in der Masse fühlten wir uns sicher. Und so war es auch. Wir krochen aus unserm Trümmerversteck und mischten uns unter die vielen Menschen. Wir erreichten nach einiger Zeit den Langen Markt und gingen über die Langgasse in Richtung Langgasser Tor. Noch am selben Tag erfuhren wir durch Bekannte, dass sie unsere beiden Schwestern gesehen hatten. Sie hatten sich in der vergangenen Nacht bei der von den Russen aufgestellten Sperre vor Angst in dem sich in der Nähe befindlichen Friedhof versteckt.

Sofort eilte mein Bruder los, um sie zu suchen, und tatsächlich kam er nach einiger Zeit mit beiden Mädels zu uns zurück. Die Freude war unvorstellbar groß, wir waren wieder alle beisammen.

Tagsüber hielten wir uns dort auf, wo möglichst viele Menschen waren, denn immer wieder fühlten wir uns in der Menge am sichersten. Nachts suchten wir uns ein sicheres Versteck, einmal im alten Zeitungsgebäude, dann in einer Kirche, die noch nicht abgebrannt war. Doch jedes Mal brannten die Gebäude ab und wir mussten uns eine neue Bleibe suchen. Man vermutet, dass die Russen noch eine Rechnung mit den Polen offen hatten und ihnen die Stadt nicht gönnten, so haben sie viele Häuser angesteckt. Wohl gemerkt, das wird überall so gemunkelt, einen Beweis dafür habe ich nicht.

Aus den Fängen der Russen

In der Nähe des Hauptbahnhofes befand sich die Anhöhe Elisabeth Wall. Dort haben wir uns ein andermal versteckt. Unsere Mutter und meine Geschwister versuchten etwas Essen zu besorgen. Nur meine Schwester Ilse und ich blieben auf dem Hügel zurück. Es dauerte sehr lange, bis eine meiner Schwestern aufgeregt zurückkam. Denn auf der Straße vor dem Bahnhof hatten die Russen Menschen zusammengetrieben, die von russischen Soldatinnen bewacht wurden. Wie wir später erfahren haben, wurden die Leute nach Russland abtransportiert. Meine Mutter und Schwestern waren auch in der Kolonne, die sich bereits in Bewegung gesetzt hatte. Die Angst einer Mutter, die weiß, dass ihre kleinen Kinder da draußen allein waren, trieb sie dazu, ihr Leben zu riskieren und aus der Kolonne auszubrechen, um zu ihren Kindern zu gelangen.

Aber nicht nur sie riskierte alles. Auch die anderen Geschwister hatten den gleichen Gedanken und brachen aus. Einer nach dem anderen tauchten bei meiner Schwester Ilse und mir auf. Wir haben uns sehr gefreut, denn nie waren wir bis dahin so lange allein gelassen worden. Man erzählte uns natürlich, was geschehen war, aber die Angst wich nicht von unserer Seite.

1945   1945   Heute

Der Ort, an dem unsere Mutter starb

Durch Bekannte, die wir zufällig getroffen haben, erfuhren wir, dass hinter dem Bahnhof neben der alten Kriegsschule Baracken standen, in denen sie Unterschlupf gefunden hatten. Die Frauen würden für die russische Kommandantur Wäsche waschen und bekamen dafür etwas zu Essen. Einmal gab es einen Kuhkopf, daraus wurde in einem großen Topf auf einer offenen Feuerstelle Suppe gekocht. Sonst gab es nur Suppe aus Trockengemüse. Wir begaben uns sogleich dorthin und hatten uns in ein Zimmer einquartiert, in dem bereits eine Familie lebte. Es gab keine Betten, nur einen Tisch und einige Holzstühle. Geschlafen wurde auf dem Fußboden auf einer Wolldecke, zum Zudecken hatten wir nichts. Auch waren wir seit dem Verlassen des Luftschutzkellers nicht mehr aus unseren Kleidern gekommen. Die Folge war, dass wir total verlaust waren und nur so von Flöhen gepeinigt wurden.

Robert

Robert hatte sich von uns abgesetzt und war zu unserer alten Wohnung nach Langgarten gegangen. Da aber alles in Trümmern lag, ist er auf dem Sprengelshof in den Keller eines abgebrannten Wohnhauses eingezogen und hatte sich dort versteckt. Auch einige Mitglieder der Familie Bolda, mit denen wir gut befreundet waren, hatten sich dort eingerichtet. Überall lagen noch tote Soldaten und tote Pferde auf den Straßen und Hinterhöfen. Robert und einige andere versuchten die Soldaten und Tiere zu begraben, soweit es möglich war. Das Essen wurde knapp, also begann man sich einige gute Stücke aus den Pferden zu schneiden. In dem Kellerraum, in dem unser Robert wohnte, standen ein eisernes Bett, ein Tisch und zwei Stühle. Anstelle einer Tür war der Eingang mit einem Vorhang versehen. Auf dem Tisch lag eine Decke, die bis zum Boden reichte.

Die Innenstadt war wie ausgestorben, weit und breit kein Mensch zu sehen. Die Menschen hatten Angst und sich tagsüber versteckt, um nicht von den Russen aufgegriffen und verschleppt oder vergewaltigt zu werden. Ich war klein und als 9-jähriger konnte ich ungehindert durch die Stadt gehen, ohne von den Russen angehalten zu werden. So konnte ich unbesorgt die Verbindung zu Robert und unserer Familie aufrechthalten. Zwischen dem Kino und der Brotfabrik Ausländer verlief der Weg zum Sprengels Hof. Der ganze Hinterhof hatte die Adresse Langgarten 104. Wir wohnten vorn überm Kino und unsere Adresse lautete Langgarten 105. Um zu meinem Bruder zu gelangen, musste ich über den großen Trümmerhaufen klettern, was sehr mühevoll war. Die Mauern vom Kino und der Brotfabrik waren riesig, dementsprechend war der Trümmerberg auch gewaltig hoch. Als ich wieder nach Hause wollte, riet Robert mir den Schützengraben entlangzugehen, er führe direkt zum Zollgebäude und ende genau im Innenhof. Also wählte ich diesen Weg. Was ich dort sah, ließ mich erschauern. Im Innenhof des Zollgebäudes lagen viele tote Soldaten, zum Teil mit offenen Augen, die mich ansahen und neben dem Schützengraben lag noch der Blindgänger einer Fliegerbombe. Da packte mich die Angst und ich fing an zu laufen. Ich lief durch die ganze Stadt bis zu der Baracke, in der wir hausten. Ich glaube, an diesem Tag habe ich einen Jugendlanglaufweltrekord aufgestellt. Bei meinem nächsten Besuch sagte ich gleich zu Robert, dass ich den Weg durch den Schützengraben nicht nochmal gehen würde. Ich entschied mich bis zum Ende des Sprengels Hof, zum Englischen Damm zu gehen. Hier erwartete mich die nächste Überraschung. Am Ende der Straße saß an einer Hausecke auf einer kleinen Steintreppe eine halb verkohlte Frau. Und wieder gab es einen neuen Laufrekord von mir, die Angst saß mir noch lange im Nacken.

Ein Russe mit Herz

Die Waschküche, in der die Frauen die Wäsche für die Russen wuschen, lag ca. 15 bis 20 Minuten Fußmarsch von unserer Unterkunft entfernt. Sie war in einer alten Villa, deren Dach von sieben deutschen Soldaten repariert wurde. Überwacht wurden die Gefangenen von einem älteren russischen Soldaten, der tagsüber im verwilderten Garten mit mir spielte. Er erzählte mir, dass er auch so einen kleinen Jungen wie mich gehabt hatte, der allerdings bei einem Luftangriff ums Leben gekommen sei. Jeden Tag brachte er mir in einem blauen Briefumschlag, wie sie für Telegramme benutzt wurden, Zucker und ein Stück Brot mit. Da unsere Mutter auch in der Waschküche arbeitete, habe ich sie täglich begleitet. Sie stand oft am Rubbelbrett, bei dieser Arbeit drückte das Brett immer in ihren Bauch. Eines Tages wurde ihr während der Arbeit schlecht, sie bekam Durchfall, der voller Blut war. Wir begaben uns nach Hause zu den Baracken, hier legte sich unsere Mutter hinter dem Holztisch auf mehrere Stühle, auf denen nur eine Wolldecke lag.

Mutter lag im Sterben

Es gab keine ärztliche Versorgung. Man war vollkommen auf sich allein gestellt. So blieb es nicht aus, dass der Gesundheitszustand unsere Mutter von Tag zu Tag schlechter wurde.

Ein gutaussehender Russe namens Sascha kam täglich zu uns, zeigte uns Bilder von seiner Frau und seinen Kindern. Ich denke, er mochte uns, vor allem meine große Schwester Erna. Erstaunlich war, dass er sich vorbildlich verhalten hatte, er sorgte sogar dafür, dass nachts ein Russe vor den Baracken Wache hielt, da immer noch einige Russen Frauen vergewaltigten. So fühlten wir uns einigermaßen sicher. Er brachte uns eines nachts sogar einen großen Karton mit Knäckebrot.

In der Zwischenzeit hat uns Vater gefunden! Bruder Robert hatte an der verbliebenen Mauer unserer alten Wohnung unseren Aufenthaltsort angeschrieben, damit unser Vater uns finden konnte: Und so geschah es dann auch, was für uns eine riesige Freude war. Auch lebte unsere Familie jetzt allein in dem Zimmer. Einen Tag nach Vaters Rückkehr starb unsere Mutter. Während sie krankt dalag, hat unsere Schwester Erna für die Russen gewaschen. Sascha war in der Zwischenzeit abkommandiert worden. Sie stellten uns einen anderen Russen zur Verfügung, der zufällig in unser Zimmer kam, den Tod unserer Mutter feststellte und sagte uns, wir müssten sie bis um 12 Uhr mittags begraben haben. So tragisch der Tod unserer Mutter war, hat sie aber vor allem das Leben unseres Vaters gerettet. Wäre sie gestorben, bevor die Russen Danzig besetzt hatten, hätte der Schutz der Mischehen nicht mehr gegriffen, und die Gestapo hätte unseren Vater sofort abgeholt und wahrscheinlich uns Kinder auch.

Ich lief zu meiner Schwester in die Wäscherei, um ihr den Tod unserer Mutter mitzuteilen. Als wir zu den Baracken zurückkehrten, hatte man unsere Mutter schon in eine Wolldecke gewickelt und im Innenhof der zum Viereck bebauten Baracken begraben. Ich erinnere mich noch, dass es das siebte Grab war. So viele Menschen waren in kurzer Zeit gestorben. Ich war mir zu der Zeit nicht klar, was eigentlich geschehen war; der Verlust unsere Mutter wurde mir erst später bewusst.

Eines Tages kam Schwester Erna auf die Schnapsidee, mit mir zu Robert zu gehen. Ernas Freundin Käthe Bolda hauste ebenfalls in dem ausgebrannten Haus. Wir machten uns auf den Weg. Wir wurden von einem meiner Freunde begleitet und Erna machte zur Sicherheit einen auf Alt-Kopftuch und so. Unterwegs ging alles problemlos vonstatten, keine Begegnung mit anderen Menschen, geschweige denn mit Russen. Das sollte sich aber bald ändern. Wir saßen bei Robert im Keller und plötzlich hieß es, dass die Russen kommen. Erna verkroch sich schnell unterm Tisch und war durch die Tischdecke, die bis zum Boden hing, nicht zu sehen. Es dauerte nicht lange, und ein Russe betrat den Kellerraum. Er schaute sich um und ging wieder. Als er draußen war, schaute er sich noch einmal um und sah über den Vorhang am Eingang. In dem Moment kam Erna unterm Tisch hervor, viel zu früh, denn der Russe hatte sie nun gesehen und kam wieder zurück in den Raum. Er wollte meine Schwester packen. Schnell zog sie mich zu sich und ich setzte mich sofort auf ihren Schoß und wir hielten uns krampfhaft fest. Der Russe packte mich am Arm und warf mich aufs Bett, dann setzte sich mein Freund auf Ernas Schoß, auch er wurde weggerissen, dann setzte ich mich wieder auf den Schoß. Dieses „Spiel" wiederholte sich ein paarmal, dann zog der Russe seine Pistole, fuchtelte mir damit vor dem Gesicht herum und drohte mich zu erschießen, wenn ich nicht Ruhe gäbe. Wir hatten große Angst und weinten bitterlich. Heute vermute ich, dass er uns nur einschüchtern wollte. In dem Moment wurde er von einem anderen Russen gerufen, der vermutlich die Mädchen gefunden hatte, die sie suchten. Der Russe ließ von uns ab und verließ den Raum. Anschließend machten wir uns gleich auf den Heimweg, und Erna war von ihrem Ausflug kuriert und zog es vor in Zukunft im Schutz der Familie zu bleiben.

Omas Wohnung

Auf nach Ohra

Nun hielt uns nichts mehr auf, und wir begaben uns zur alten Wohnung unserer Großmutter mütterlicherseits nach Ohra, wo wir im November 1945, bis wir Danzig verließen, lebten. Als wir in Ohra ankamen, war die Wohnung unserer Oma von zwei alten Frauen bewohnt. Die beiden alten Damen zogen aus der Wohnung der Großmutter aus und wir waren froh, dass wir ein richtiges Dach über dem Kopf hatten. Aus heutiger Sicht würden nicht einmal Asoziale da drinnen wohnen wollen. Die Wohnung war mehr als alt, was man von außen gut erkennen konnte (siehe Fotos). Diese Wohnung hatte ein großes Wohnzimmer, das gleichzeitig auch Schlafzimmer unserer Oma war. Dann gab es eine uralte Küche mit Kohleherd und offenem Rauchabzug und noch ein schmales Zimmer, von deren Wänden die Tapeten herunterhingen. In dem alten Holzbett meiner Großmutter schliefen wir zu viert, zwei am Kopfende und zwei am Fußende. Unser Vater schlief auf einem alten Sofa.

An Schlafen war nachts nicht zu denken, denn wir mussten das Bett noch mit unzähligen Flöhen teilen. Unser Vater hatte sich abends auf das Sofa gelegt, plötzlich sprang er wie von der Tarantel gestochen auf, unter der Decke hatte sich eine Ratte zur Ruhe gelegt, die, als unser Vater sich hinlegte, die Flucht ergriff. Man kann sich vorstellen, was für eine Aufregung herrschte. Dass dort Ratten waren, wussten wir natürlich, denn wir konnten täglich beobachten, wie sie durch die Radaune schwammen.

Am Ende des Gebäudes befand sich die Toilette, besser gesagt der sogenannte Donnerbalken. Auch darin waren die Ratten zu Hause. Im Haus hatten wir eigentlich vorher keine gesehen. Hinterm Haus lag ein großer Garten, der nach hinten raus auf zwei Ebenen verlief. Auf der zweiten Ebene war eine große Wiese. Nach 10 bis 15 Metern ging es ca. 5 Meter steil bergauf. Oben befand sich ein Maschendrahtzaun, dahinter ein großer Obstgarten mit einem Herrenhaus, in dem früher der Baron Baggehfoudt Bergan gewohnt hatte und das jetzt wie alle Häuser von Polen besetzt waren. Der Baron hatte sich wohl rechtzeitig mit seiner Familie abgesetzt und in Sicherheit gebracht.

Da es bei uns in dem alten Gebäude weder Strom noch Wasser gab, mussten wir täglich das Wasser in Eimern mit einer Trage von weit herholen. Als schließlich das Obst im Garten des Barons reif war, schlich ich mich den Abhang hinauf, zerschnitt mit einer Kneifzange den Zaun und pflückte die mit roten Bäckchen strahlenden Äpfel. Natürlich musste ich auf der Hut sein, damit ich nicht von den neuen Bewohnern entdeckt würde. Das Obst war ein wichtiger Bestandteil unserer Ernährung, denn es gab ja weder Geschäfte, noch hätten wir das Geld zum Einkauf gehabt.

Aber nicht nur das Obst half uns über manch hungrige Tage hinweg, sondern auch saure Gurken, die bei den Polen im Nachbarhaus in einem großen Holzfass auf mich warteten. Bei Nacht und Nebel schlich ich mich in den Hausflur, in dem das Fass stand, kniete vor dem Fass, hob ganz langsam mit einer Hand den Deckel hoch, und mit der anderen Hand fischte ich nach den Gurken. Die

 In diesem Hausflur stand das Gurkenfass

Aber nicht nur das Obst half uns über manch hungrige Tage hinweg, sondern auch saure Gurken, die bei den Polen im Nachbarhaus in einem großen Holzfass auf mich warteten. Bei Nacht und Nebel schlich ich mich in den Hausflur, in dem das Fass stand, kniete vor dem Fass, hob ganz langsam mit einer Hand den Deckel hoch, und mit der anderen Hand fischte ich nach den Gurken. Die Angst davor, erwischt zu werden, war sehr groß, aber größer war noch der Hunger und der tat weh. Wir hatten nichts und es gab auch nichts, also mussten wir sehen, dass wir etwas zu Essen besorgen konnten, selbst wenn es verbrannter Käse war, spielte das am Ende keine Rolle.

Erst später fingen die zugezogenen Polen an hier und dort einen Stand aufzustellen, von dem aus sie kleine Geschäfte tätigten. Unter anderem gab es auch Brot zu kaufen. Am Stadtrand von Danzig bildete sich ein Schwarzmarkt, dorthin gingen unsere polnischen Nachbarn fast täglich zum Einkauf. Dann eröffneten Polen im Nachbarhaus ein kleines Geschäft und die Besitzerin nahm mich oft zum Einkaufen mit. Dabei habe ich ihr geholfen die Ware zu tragen und bekam dafür ein großes Brötchen.

Obwohl wir Hunger leiden mussten, verbrachten wir manch gemütlichen Abend an dem großen Kachelofen in der Stube. Wir aßen die in der Röhre gebackenen, vorher gestohlenen Äpfel und die sauren Gurken, es war köstlich.

Leider war unsere Familie von Krankheiten nicht verschont geblieben. Unser Vater hatte die Ruhr und zwei meiner Schwestern Typhus. Das machte das Leben noch schwerer, denn um uns herum starb ein Mensch nach dem anderen an Typhus. An ärztliche Hilfe war nicht zu denken, woher auch? Da wir zu kämpfen gewohnt waren, hielten wir uns gut über Wasser.

In der Zwischenzeit ist auch unser Bruder Robert zu uns gezogen. Er fand bei den Polen eine Arbeitsstelle in einer Backstube. Für seine Arbeit bekam er täglich zwei Brote, die waren so locker gebacken, dass man sie bis auf ein Zehntel zusammenschieben konnte. Aber wir waren froh, dass wir jetzt regelmäßig etwas Brot zum Essen hatten.

Vaters russische Arbeitskollegen

Eines Tages standen rein zufällig zwei Russen vor unserer Tür. Sie hatten einen Einspänner Panjewagen dabei und wollten eigentlich nur übernachten. Sie waren Gefangene in Deutschland und auf dem Weg zurück in ihre Heimat. Wie es im Leben manchmal so kommt, hatten die beiden Russen mit meinem Vater zusammengearbeitet, und meine Mutter hatte öfters für sie Hemden gewaschen und geflickt. Dieses konnte nur heimlich geschehen. Wäre das rausgekommen, hätte man uns bestraft, da wir sowieso auf der Abschussliste standen.

Die beiden Russen begrüßten uns herzlichst und waren sehr darüber erfreut, uns hier zu treffen. Sie waren sehr traurig, als sie erfuhren, dass unsere Mutter kurz vorher gestorben war. Sie sagten, sie seien sehr dankbar dafür, was unsere Eltern für sie getan hatten. Da sie Soldaten waren, hatten sie Order, zurück nach Russland zu fahren. Bevor sie uns am nächsten Tag verließen, haben sie einen großen Teil ihrer Marschverpflegung bei uns gelassen. Vor allem fetten Speck, der uns wieder auf die Beine brachte. Speck und Brot, das sind die Nahrungsmittel, die man zum Überleben benötigte. Nun fehlten uns nur noch Kartoffeln, aber auch hier meinte es das Schicksal gut mit uns.

Die Kartoffelmiete

Wir erfuhren durch einige Leute, dass es in der Nähe von Danzig, in Matzkau, eine Kartoffelmiete geben soll. Unser Vater, zwei meiner Schwestern und ich machten uns sofort auf den Weg mit einem kleinen Handwagen, einigen Kartoffelsäcken und mehreren Kochgeschirren mit dicken Bohnen gefüllt. Wir waren aber nicht allein, auch andere hatten davon Wind bekommen und waren unterwegs. Wir waren eine Gruppe von ca. 15-20 Personen, die sich auf die Suche machten. Unser Weg führte uns von Danzig aus gesehen nach Süden in Richtung Dirschau. Es ging immer der Straße lang, bis unser Marsch von einem russischen Posten gestoppt wurde. „Hier könnt ihr nicht weiter", versuchte er uns klarzumachen. Er verstand unsere Absicht und versuchte uns einen Weg zu erklären, der uns zur Kartoffelmiete führen würde. Also machten wir uns auf den neuen Weg abseits der Straße durch Wiesen und Felder, leider ohne Erfolg. Die Nacht brach herein und viele, die mit uns auf der Suche waren, gaben auf, verließen die Gruppe und machten sich auf den Heimweg. Schließlich gab es nur noch uns und ein junges Ehepaar, das mit uns die Nacht im Freien verbrachte. Zugedeckt haben wir uns mit den mitgebrachten Kartoffelsäcken. Zu essen gab es dicke Bohnen, die natürlich kalt waren und dementsprechend schmeckten, aber der Hunger trieb sie rein. Unsere Suche war auch am nächsten Tag ergebnislos und wir waren der Verzweiflung nahe. Wir hielten in allen Richtungen Ausschau, ohne auch nur eine Spur von einer Kartoffelmiete zu sehen. Unsere Bohnen waren nicht nur kalt, sondern in der Zwischenzeit auch sauer geworden, es half nichts, sie wurden gegessen, denn wir hatten ja nichts anderes dabei. Nachdem wir eine zweite Nacht im Freien verbracht hatten, wurde die Geduld unseres Vaters, dem immer das Leben seiner Familie das Wichtigste war, belohnt. Als wir eine Anhöhe herunterkamen, sahen wir schon von Weitem neben der Straße einen länglichen Erdhügel. Das war sie, die Erfüllung unserer Hoffnung! Der Optimismus unseres Vaters, die Kartoffelmiete zu finden, hatte gesiegt. Sie gehörte wohl zum Gut Groß Saalau. Das junge Paar, das bei uns geblieben war, konnte ihre Freude nur noch mit Tränen zum Ausdruck bringen. Das Vertrauen zu unserem Vater war deutlich zu spüren. Sofort legten wir die Miete vom Erdreich und Stroh frei und füllten unsere Säcke mit Kartoffeln. Es war ein hartes Stück Arbeit für uns Kinder. Schließlich war meine Schwester Ilse 10 Jahre alt und ich erst 9, nur Helga war schon 13. Als wir fertig waren, hatten wir 6 Zentner Kartoffeln auf unseren kleinen Handwagen geladen.

Unsere Freude war so groß, dass wir die schwere Last, die es galt nach Hause zu bringen, nicht gespürt haben. Daheim angekommen wurde nur noch geweint, denn die Daheimgebliebenen hatten ja nicht gewusst, ob wir von den Russen verschleppt worden waren oder sonst etwas passiert war. Täglich hörte man davon, dass Menschen zusammengetrieben wurden und nach Russland gebracht oder von den Polen eingesperrt wurden.

Wie auch immer, unsere Überlebenschance war nun erheblich gestiegen, dazu kam, dass die Polen auf der anderen Radauneuferseite einen Verkaufsstand und im Nachbarhaus einen kleinen Laden eingerichtet hatten. Wir Kinder standen draußen und boten den Polen Handtücher und Kleidung zum Verkauf an, so bekamen wir etwas Geld (Zloty), um andere Dinge kaufen zu können.

Der Weg nach Neufahrwasser

Von Bekannten erfuhren wir, dass es in einer abgebrannten Zuckerfabrik in Neufahrwasser Zucker zu holen gab. Meine Schwester Ilse und ich machten uns gleich auf die Suche. Von Ohra bis Neufahrwasser waren es etwa 8 Kilometer. Wir Kleinen hatten den Vorteil, dass wir weder von den Russen noch von den Polen belästigt wurden. Mit vier braunen Luftschutztüten waren wir bewaffnet. Das waren diese mit Löschsand gefüllten Tüten, die während des Krieges in jedem Hausflur stehen mussten, um im Falle eines Brandes damit das Feuer löschen zu können. Das war jedenfalls die Vorstellung der damaligen Brandschutzbehörde, genützt hat es allerdings nichts. Wie schon bei den Kartoffeln haben sich auch hier viele Leute zusammengetan, um die Zuckerfabrik zu finden. Nach stundenlangem Suchen wurde es ziemlich unruhig in der Gruppe, denn niemand kannte den Standort der Fabrik. Ein etwa 15-jähriger Junge wusste schließlich, wo sie war, er wollte den Standort aber nicht preisgeben. Die Menge wurde immer ungeduldiger und wütend. Erst als einige ältere Männer drohten den Jungen zu verprügeln, führte er uns zur Fabrik.

Alles, was wir sahen, waren verkohlte Mauern ohne Dach, und von Zucker keine Spur - so dachten wir jedenfalls. Dieses Gebäude musste vorher eine Lagerhalle gewesen sein, in der die Zuckersäcke gelagert wurden. Durch den Brand war der Zucker geschmolzen und hatte sich über den ganzen Boden verteilt. Einige hatten Pickel dabei, um den inzwischen erkalteten Zucker loszuschlagen. Meine Schwester und ich fanden eine Stelle am Boden, in dem der Zucker zwar schon braun, dafür aber noch weich und warm war. Sein Geschmack war schon etwas eigenartig, aber immer noch süß. Mit den Händen holten wir ihn aus dem Boden und füllten unsere vier Tüten. Die Tüten waren etwa 40 cm hoch, und gefüllt waren sie ziemlich schwer. Wieder auf dem Heimweg mussten wir öfters Pausen einlegen, denn wir wollten kein Gramm Zucker zurücklassen. Alle waren glücklich über unsere Errungenschaften, denn schließlich hatten wir nun ein wichtiges Nahrungsmittel, das uns die nötigen Kohlehydrate lieferte. Neben dem braunen Zucker fanden wir noch halb

41

verbrannten Käse, er schmeckte zwar ein wenig komisch, aber in der Not konnte man ihn essen.

Unsere Hauptmahlzeit bestand aus Kartoffeln in allen Variationen, heute gab es Salzkartoffeln, morgen Kartoffeln gesalzen, dann wieder Stampfkartoffeln oder geriebene Kartoffeln als Suppe. So ging es Tag für Tag, zwischendurch gab es Kartoffelpuffer ohne etwas darin wie Eier o.ä. Diese wurden auf dem Herd, der zuvor mit Salz bestreut wurde, gebraten. Ich muss zugeben, dass ich trotz großen Hungers diese Dinger nicht gegessen habe. Ich habe sie meiner großen Schwester Erna heimlich unterm Tisch weitergereicht, denn mein Vater durfte das nicht bemerken; sonst hätte ich auch nichts anderes zu essen bekommen. Auch Brennnesselsuppe haben wir gekocht, es ist erstaunlich, was der Mensch in der Not so alles zu sich nimmt, um zu überleben.

Pferdefleisch und Kerzenwachs

Gulasch aus Pferdefleisch war ein Festessen, sogar Hund und Spatzen haben wir gegessen. Einmal brachte unser Vater die Gedärme einer Kuh mit nach Hause. Sie wurden ausgewaschen und dann wurde daraus eine Suppe gekocht. Als Geschmacksverstärker wurde der Suppe Brennesel und Sauerampfer zugegeben. Ein Nachbarjunge und ich waren immer unterwegs, um irgendetwas Essbares zu finden. So kam es dann, dass wir in einem nicht abgebrannten Gebäude etwa 4 cm dicke und 30 cm im Durchmesser große Platten fanden. Wir dachten, es handelte sich um Fett, denn so fühlte es sich an, und schnell brachten wir es nach Hause. Wir hatten noch Glück, denn fast hätte man uns erwischt. Schließlich wurde auch noch geschossen. Wir machten uns schnell aus dem Staub. Nun konnten wir neben unserem eintönigen Essen sogar Bratkartoffeln machen. Leider konnte man die Kartoffeln nur so lange essen, so lange sie warm waren, später merkten wir dann, dass es Kerzentalk war und kein Fett.

Täglich eine warme Mahlzeit

Und wieder einmal stand uns das Glück zur Seite. Wir bekamen den Hinweis, dass sich in Langfuhr bzw. auf dem Weg dorthin in der Halben Allee, ein Haus befand, in dem es eine Gemeinschaftsküche gab. Das hieß, jemand von uns musste täglich mit einem Gefäß dorthin gehen und das Essen in Empfang nehmen. Wir gingen immer zu zweit, so waren auch meine Schwester Ilse und ich mal dran. Bevor wir das Essen bekamen, haben wir dort erst eine Schüssel voll Kartoffeln, Fleisch und Sauce gegessen, erst danach machten wir uns wieder auf den Heimweg. Nach den vielen Entbehrungen, die wir hatten, war das natürlich etwas Besonderes. In dieser Zeit erfuhr ich dann, dass mein Vater jüdischer Abstammung war und wir das Essen einer jüdischen Einrichtung zu verdanken hatten. Ich habe vorher nichts von meinen religiösen Wurzeln gewusst, obwohl mir einige Geschehnisse vor Kriegsende schon eigenartig vorgekommen waren. Unter anderem beschimpfte mich ein Nachbarsjunge aus unserem Haus während eines Streits. Er meinte, wir hätten uns den Judenstern abgerissen. Natürlich bin ich daraufhin weinend zu meiner Mutter gerannt, um mich zu beschweren. Sie tröstete mich und sagte, ich solle einfach nicht hinhören. Auch erinnere ich mich daran, dass eines Tages zwei Männer zu uns nach Hause kamen. Sie gingen mit meiner Mutter ins Wohnzimmer; ich musste in der Küche bleiben. Ich hörte erregte Gespräche. Nachdem die Männer gegangen waren, kam unsere Mutter weinend aus dem Wohnzimmer. Später habe ich dann erfahren, dass diese Männer von der Gestapo waren und unsere Mutter dazu bewegen wollten sich von unserem Vater scheiden zu lassen. Für sie und die Kinder würde gesorgt werden. Mutter wusste, dass eine Scheidung das Todesurteil für unseren Vater bedeutete, sie hätten ihn ins KZ gebracht so wie einige seiner Geschwister, die dort umgekommen sind.

Wir hatten Glück, dass wir in Danzig lebten, da Danzig vor dem Krieg Freistaat war, weshalb die Bevölkerung nicht so verhasst gewesen sei. Wir fanden viel Schutz und Hilfe, da unsere Freunde und Bekannte nur gut von uns gesprochen haben.

Die Beteuerung unserer Mutter gegenüber der Gestapo, dass unser Vater christlich getauft sei, zählte nicht. Wir lebten in ständiger Angst, dass sie uns eines Tages abholen könnten. Unser Vater fand nur eine Arbeit bei der Müllabfuhr, obwohl er gelernter Kaufmann war und im Ersten Weltkrieg für Deutschland gekämpft und genügend Auszeichnungen erhalten hatte. Das Soldbuch hatte man ihm abgenommen. Bei der Erstürmung des Ford Vaux in Frankreich, das von einem Leutnant und 30 Soldaten eingenommen wurde, war unser Vater mit seinem Bruder, der dabei gefallen ist, dabei. Das alles hatte nichts genützt, Jude ist und bleibt Jude. Meine älteren Geschwister bekamen keine Lehrstelle, mein ältester Bruder durfte nicht aufs Gymnasium, dafür wurde er zur Organisation Tod eingezogen, wo er bis Kriegsende blieb.

Einmal wünschte sich meine Schwester Erna, es müsse einen Knall geben und Danzig wäre wieder Freistaat.

Wir wussten, dass unsere Mutter sehr krank war und es mit dem Magen zu tun hatte, was ihr genau fehlte war uns nicht bekannt. Sie sprach nie darüber und sagte nur, es könne ihr kein Arzt mehr helfen. Ihr größter Wunsch war so lange zu leben, bis der Krieg zu Ende ging, denn dann wäre ihre Familie außer Gefahr, jedenfalls außer Nazi-Gefahr. Niemals hätte sich unsere Mutter von unserem Vater getrennt; zu viel haben sie in ihrem Leben durchmachen müssen. Trotz der ständigen Angst und des großen Leidens, das sie erdulden musste, kam nie eine Klage über ihre Lippen, noch hatte sie sich sonst beschwert. Die ständige Angst und Sorgen um ihren Mann und die Familie, waren wohl schuld an ihrer Krankheit.

Nachdem die Russen aus Danzig nach und nach abgezogen waren und die Polen die Stadt bevölkerten, haben wir uns an das karge Leben in Ohra gewöhnt. Vor dem großen Bretterzaun neben dem Haus lag eine schwarze Tonne, wie ein Teerfass mit einem Schraubverschluss an der Seite. Neugierig, wie wir Jungen waren, öffneten wir den Verschluss und rollten die Tonne in die Radaune. Welch ein Schauspiel: Nachdem die Öffnung des Fasses mit dem Wasser in Berührung kam, sauste das Fass wie ein Geschoss durchs Wasser. Es handelte sich hier um ein Nebelfass, mit dem künstlicher Nebel erzeugt wurde.

Hinterm Bretterzaun direkt neben dem alten Haus unserer Großmutter war ein tiefes Loch, hier stand mein Geburtshaus, dass nach meiner Geburt wegen Baufälligkeit abgerissen wurde. Dabei handelte es sich wohl um den ehemaligen Keller des Hauses, nun gefüllt mit Müll und jeder Menge Stacheldraht. Beim Rumstöbern kam ich eines Tages ins Rutschen und fiel in dieses Loch direkt mit der Stirn in den Stacheldraht, was bis heute noch mit einer Narbe versehen ist, die wie ein Kreuz aussieht.

Das Jahr verging und wir erhielten die Nachricht, dass wir Danzig verlassen müssten. Organisiert wurde das Ganze von der Jüdischen Gemeinde, von der wir auch das Mittagessen bekommen haben. Wir versammelten uns mit unserem Hab und Gut an einem kleinen Abstellgleis am Güterbahnhof, auf dem ein alter Zug mit Wagons der 3. Klasse stand. Das heißt, jedes Abteil war für sich, es gab keinen Durchgang im Zug, auf jeder Wagonseite befand sich eine

Tür. Jeder Familie wurde ein Abteil zugewiesen, auch bekamen wir kleine Verpflegungsrationen in Form von Dosenwurst, Käse und Brot. Die Fahrt sollte nach Berlin gehen und zum Schutz wurden noch sieben polnische Soldaten abgestellt, die uns auf der Fahrt begleiteten. Trotzdem wurde der Zug unterwegs überfallen und die Fahrgäste wurden zum Teil ausgeraubt. Die Diebe stürmten durch die eine Tür rein, schnappten sich ein Gepäckstück und rasten zur anderen Tür wieder raus. Die begleitenden Soldaten haben noch geschossen, ob sie jemanden getroffen haben, ist mir nicht bekannt.

Wir hatten vorher noch erfahren, dass man im Reich – so sprach man immer vom Rest Deutschlands - mit Reichsmark kaufen konnte. Wir wussten ja nicht, dass die Verhältnisse im Westen anders waren als in Danzig. So kramten wir noch alles, was wir an Reichsmark ergattern konnten, zusammen und glaubten viel Geld zu haben. Dass ein Brot im restlichen Deutschland 80 bis 120 Reichsmark kostete, überraschte uns.

Die Fahrt war mühsam und mit einigen Unpässlichkeiten versehen: In Küstrin musste der Zug stoppen, die Kohlen waren ausgegangen. Alle Männer mussten mit anpacken und Eisenbahnschwellen, die neben dem Gleis gestapelt waren, schleppen, damit die Lokomotive wieder angefeuert werden konnte. Ferner weigerte sich der polnische Lokführer weiterzufahren, wenn wir ihn nicht bezahlen würden. Schnell wurde von allen Familien Geld gesammelt, das dem Lokführer überreicht wurde. Ich weiß nicht warum, aber ich war aus dem Zug ausgestiegen und stand auf dem Bahnsteig, als plötzlich der Zug weiterfuhr und ich noch immer dastand, bis mich ein Mann packte und in den letzten Viehwagen, der mit Gepäck gefüllt war, schob. Hier verbrachte ich die Nacht allein im Dunkeln, bis wir schließlich in Berlin angekommen waren. Wir landeten im französischen Sektor, wurden in einer alten Fabrik untergebracht, mit magerer Verpflegung versorgt und warteten auf die Dinge, die da kommen sollten.

Der Aufenthalt in Berlin war alles andere als angenehm. Die Versorgung war miserabel, es gab pro Tag einmal eine dünne Suppe, durch die sie einige Kartoffelscheiben geschossen haben. Vermutlich sollte es eine Kartoffelsuppe sein, so richtig zuordnen konnten wir sie allerdings nicht. Die Suppe war sehr dünn. Dazu gab es Weißbrot, das allerdings sehr locker war. Drückte man es von beiden Seiten zusammen, hatte es nur noch ein Drittel seines ursprünglichen Volumens. Und das alles musste für sieben Personen reichen. Ich spüre heute noch meinen Magen, wenn ich daran denke. Ich hatte Tränen in den Augen, als ich vor einem Mann stand, der eine große Scheibe Brot aß. Mitleidsvoll schaut er zu mir herunter, er war sehr groß, dann gab er mir die Brotkruste, ich habe sie mehr geschluckt als gekaut, so hungrig war ich.

Mit einem anderen Jungen, dessen Name mir entfallen ist, war ich täglich auf Erkundungstour. Er war ein wenig gerissener als ich. So kam es, dass er zur Frühstückszeit schnurstracks auf ein Kinderkarussell zuging und die Besitzerin um etwas Essen bat. Die Frau schob sich eine Stulle nach der anderen zwischen die Zähne. „Nun", sagte sie, „wenn du morgen kommst und mir bei der Arbeit hilfst, bekommst du von mir jetzt eine doppelte Stulle." Das Karussell wurde nämlich von Hand angeschoben, es hatte noch keinen elektrischen Antrieb, wie es heute üblich ist. Wenn man das Karussell in Bewegung setzte, sah es aus, als stünde man am Ankerspill. Mein Freund hätte der Frau alles versprochen, um an das Brot zu kommen, so versprach er hoch und heilig, dass er am nächsten Tag kommen würde, um auf dem Karussell zu arbeiten. Ich muss zugeben, das hätte ich mich nicht getraut, obwohl mir der Magen in den Kniekehlen hing. Immerhin hat er mit mir das Brot geteilt, aber zum Arbeiten ging er am nächsten Tag nicht. Ich hätte mein Versprechen eingehalten. Nur betteln konnte ich nicht, damit hatte ich so meine Probleme, obwohl ich es ja in Danzig vor unserem Kino getan habe.

Berlin war nur eine Zwischenstation, denn nach kurzem Aufenthalt ging es weiter nach Bad Oldesloe und nach Bad Segeberg. Hier wurden wir erst einmal so richtig gereinigt. Ich denke, wir stanken aus allen Fugen, was ja auch kein Wunder war, denn wir waren seit Tagen nicht aus unseren Klamotten rausgekommen. Unsere Kleider und Haare waren voll von kleinen Mitbewohnern, die uns seit Wochen plagten. Dann ging es zunächst erst mal ab unter die Dusche, und ehe ich mich versah, stand ich splitternackt zwischen all den Frauen und Mädchen. Hatten die mich etwa für ein Mädchen gehalten, oder war es, weil ich so klein war? Auf jeden Fall habe ich mich dabei nicht wohlgefühlt. Nach der Wasserdusche kam die große Entlausungspuderdusche. Wir wurden von oben bis unten eingestäubt. Sämtliche Kleidungsstücke, Schuhe und alles, was wir an Sachen besaßen, wurde gepudert. Bei der Menge, die über uns gestäubt wurde, konnten beim besten Willen kein Floh und keine Laus überleben. Nun, das alles konnte ich ohne Probleme ertragen, aber dass ich nicht mit den Männern duschen durfte, sondern zu den nackten Frauen musste, überstieg mein Verständnis. Ich war schon 10 Jahre alt und hätte zu Hause bei meinen Eltern nicht einmal mit meiner Schwester in eine Badewanne gedurft. Das sollte nicht mein letzter Schock gewesen sein, wir waren schließlich noch nicht am Ziel unserer Reise. Ziel? Hatten wir eigentlich ein Ziel? Niemand sagte mir, wohin wir verfrachtet oder wo wir am Ende landen würden. Im Moment waren wir in riesengroßen Zelten untergebracht. Wenigstens haben wir genug zu essen bekommen, wenngleich auch immer nur niedliche kleine Portionen. Eines stand fest, gemästet wurden wir nicht, zu hungern brauchten wir aber auch nicht. Na ja, nicht so richtig, wie in der letzten Zeit in Danzig. Essen hin, Essen her, zwei Tage später landeten wir in Flensburg.

Zunächst waren wir in zwei alten Baracken an der Flensburger Förde kurz vor Flensburg Mürwik untergebracht. Gleich am nächsten Tag schickte mich mein Vater in die Stadt zum Frisör, hier sollte ich wieder zu einem ansehnlichen Menschen zurechtgestutzt werden. Kaum saß ich auf dem Stuhl, da schickte mich der Frisör mit dem Auftrag wieder nach Hause, dass man mir doch erst mal die Haare waschen solle. Ich hatte natürlich keine Ahnung, warum ich fortgeschickt wurde, aber irgendwie war es mir peinlich. Später erfuhr ich dann, dass es wegen der Läuse war, die sich bei mir eingenistet hatten. Dann hatte die Entlausung in Bad Segeberg wohl doch nicht so viel gebracht, denn eigentlich hätte ich ja läusefrei sein müssen.

Wir wohnten nur wenige Tage in den Baracken, dann wurden wir in eine Schule hinter der Flensburger Kirche, der sogenannten Fährschule, untergebracht. Die Klassenzimmer waren mit Strohsäcken ausgelegt, auf denen haben wir nach Wochen endlich wieder richtig schlafen können. Ein großes Problem waren allerdings die Toiletten, die allesamt verstopft waren. Das war kein Wunder, denn man hatte zum Reinigen kein richtiges Toilettenpapier. Also nahmen wir alte Zeitungen, aber die lösten sich eben nicht so schnell und gut auf. Dies hatte notgedrungen die Toilettenverstopfung zur Folge.

Eines Nachts verspürte ich ein großes Verlangen, meinen Körper zu entleeren. Wo sollte ich nur hin, auf Toilette ging nicht, also ab nach draußen. Ich sah nur Mauern, von der Kirche, von der Schule, kein Baum, kein Strauch, keine Ecke, die geeignet gewesen wäre mich zu entlasten. So sehr ich auch suchte, fand ich keine Möglichkeit mich hinzusetzen; die einzige Ecke, die mir geeignet erschien, war von einem Pärchen besetzt. Irgendwann konnte ich nicht mehr und ich verspürte ein warmes Polster in der Hose. Jetzt war mir alles egal; passiert war passiert, was sollte es.

Die Reise von Danzig bis Flensburg hatte ihre Spuren hinterlassen. Wir schliefen auf Holzbrettern, auf Betonböden. So blieb es nicht aus, dass ich mir eine Blasenentzündung zugezogen hatte. Ein Arzt führte eine allgemeine Untersuchung bei allen Leuten, die in der Fährschule untergebracht waren, durch. Schon am nächsten Tag wurde ich in ein Krankenhaus gebracht, genauer gesagt in ein Säuglingskrankenhaus. Es war kaum zu glauben: Obwohl ich zu der Zeit zwar zehn Jahre alt war, wurde ich wie ein Säugling behandelt.

Zunächst wurde ich erst einmal gebadet. Dazu setzte man mich in eine kleine Badewanne, die eigentlich für Säuglinge bestimmt war. Um darin zu liegen, war ich zu groß. Also saß ich in der Wanne. Vorher musste ich mich allerdings splitterfasernackt ausziehen. Wie habe ich mich geschämt! Die Rache ließ nicht lange auf sich warten. Ich wurde in ein Kinderbett gelegt und prompt brach der Lattenrost durch. So leicht war ich nun auch wieder nicht. Spätestens jetzt war klar, dass ich kein Baby mehr war. Ich war zwar ausgehungert, aber doch nicht so leicht, um in einem Säuglingsbett liegen zu können. Also wurde ich auf einen etwas stärkeren Lattenrost umgebettet. Aber das Beste kommt noch: das Essen. Ich bekam nach langer Zeit ein richtiges Mittagessen! Kartoffeln mit Sauce, Gemüse und Fleisch.

An meinem Bett standen vier Schwestern. Sie konnten nicht fassen, was sie da sahen. Ich aß drei volle tiefe Teller leer. Sie mussten geglaubt haben, dass es sich bei mir um ein Wolfskind handelte. Ich konnte einfach nicht satt werden. Diese Fressattacke machte im Krankenhaus schnell ihre Runde. Viele Pflegerinnen kamen vorbei, um dieses kleine Monster zu sehen. Ich kam mir vor wie ein Affe im Zoo. Selbst meine Familie, die mich besuchte, war entsetzt über das, was sie zu hören bekamen.

Einige Tage später wurde ich in ein anderes Krankenhaus verlegt, nach Flensburg/Mürwik in die ehemalige Marineschule, ein riesiger Komplex. Ich lag mit noch drei anderen Jugendlichen in einem Zimmer. Das Essen war hier nicht so gut, wie in dem Säuglingskrankenhaus. Es gab öfters in große Würfel geschnittene, weiße Steckrüben, die sehr hart waren und einfach nicht in den Magen rutschen wollten. Diese Art Steckrüben kannte ich bislang nicht. Bei uns zu Hause hießen sie Wrucken und waren gelb. Gekocht werden sie mit Gänseklein, ein hervorragender Eintopf, der besonders im Winter gut schmeckt. Die Rüben im Krankenhaus waren wohl Viehrüben; ich hatte jedenfalls Probleme sie zu essen, also musste ich etwas unternehmen. Eine der Küchenfrauen bot mir an, dass ich, wenn ich in der Küche beim Geschirrabtrocknen hälfe, etwas anderes zu essen bekäme. Gesagt, getan, schnell war ich bei der Arbeit.

Dann folgte eine weitere körperliche Attacke. Mein Körper wurde von einem starken Juckreiz überfallen. Ich kratzte mir die ganze Haut auf, denn ich hatte mir die Krätze eingefangen. Die Salbe, mit der ich daraufhin zweimal täglich eingerieben wurde, stank nicht nur fürchterlich, nein, sie brannte auch noch schlimmer als das Jucken auf meiner Haut. Aber auch diese Zeit ging schließlich vorbei und bald fühlte ich mich wieder pudelwohl.

Eines Tages ging die Tür von unserem Krankenzimmer auf und ein britischer Offizier kam herein. Er trug ein großes Paket in den Händen, kam direkt auf mich zu und überreichte es mir. Schnell öffnete ich es und war erstaunt über den Inhalt. Kekse und Schokolade, wie ich sie zuvor noch nicht gekannt habe. Es war ein Geschenk des Himmels, genau genommen war es von der „UN-RRA", was ich zwar nicht kannte, aber die Hauptsache, dass das Paket voller Köstlichkeiten war.

Die faulen Tage im Krankenhaus gingen schließlich zu Ende. Ich wurde als geheilt entlassen und nach Hause geschickt. Auch die Zeit in Flensburg näherte sich dem Ende und man munkelte, dass wir auf eine Insel verfrachtet werden sollten. Wie ich erfahren habe, waren einige Familien schon seit einigen Tagen auf der Insel. Mit dem Bummelzug fuhren wir also ans Meer nach Dagebüll. Dort wartete auf uns ein größeres Motorboot, die Rungholt.

Das Wetter war alles andere als angenehm. Es stürmte und es gab keine Hoffnung, dass es besser werden würde. Die Rungholt war ein Ausflugsboot, das Deck war hinten tiefer gelegen mit Bänken rundherum. Hier wurde unser Gepäck gestapelt und mit einer Plane abgedeckt. In der Mitte befand sich eine Art Kajüte, ein Raum mit einem langen Tisch in der Mitte und an den Seiten und an der Stirnseite standen lange Bänke. Neben dem Eingang war die Toilette untergebracht, wohl bemerkt, nur eine, aber darauf komme ich noch zu sprechen. Die Erwachsenen haben es sich in der Kajüte bequem gemacht. Wir Kinder waren draußen und genossen die Fahrt, vor allem, wenn der Wind die Gischt übers Boot trieb. Die Fahrt dauerte knapp zwei Stunden, aber die hatten es in sich. Der Wind wurde immer stärker, die Wellen immer höher, das Boot schaukelte und stampfte durch die See. Die Erwachsenen erzählten sich Witze, um die Zeit und das Schaukeln zu überwinden. Den Ersten wurde es langsam schlecht. Sie standen kurz davor sich übergeben zu müssen, da geschah folgendes: Einer der Männer, es war Herr Gallau, hatte eine Halbglatze mit ein paar Büscheln Haare vorne über der Stirn. Ferner hatte er ein Gebiss mit zwei Schneidezähnen vorne. Die Frauen in dem Raum fingen schon an zu würgen, da alle ziemlich eng beieinandersaßen und nicht einfach aufstehen konnten, um zur Toilette gehen zu können. Nun kam Herr Gallau ins Spiel. Unauffällig drehte er aus seinen Haarbüscheln über der Stirn zwei kleine Hörner, sodass er wie ein Teufel aussah. Außerdem konnte er mit der Zunge sein Gebiss mit zwei Zähnen nach vorne aus dem Mund schieben, so war der Anblick gruselig. Dieses war für die Frauen, die sowieso schon mit ihrer Übelkeit zu kämpfen hatten, der Startschuss. Als die Frauen diesen teuflischen Anblick sahen, konnten sie sich nicht mehr halten und entluden sich würgend über den ganzen Tisch. Für die Männer war es eine lustige Sache, für die Frauen ein Horror. Nun wollten sie alle gleichzeitig zur Toilette, die war aber von der Schnellsten, meiner Schwester Erna, besetzt. Schadenfreude hin oder her, für uns Jungens war das ein Gaudi so viele leidende Frauen zu sehen. Alle waren froh, als wir die Insel Amrum endlich erreicht hatten.

Der Transport im Februar 1946 wurde begleitet von Alexander Kraut, einem Abgesandten der Jewish Relief Unit, einer englischen Hilfsorganisation.

Das erste, was wir von Amrum sahen, war vorne auf der Südspitze das große Kurhaus, ein ehemaliges Hotel, in welchem unser Flüchtlingstransport aus Danzig untergebracht wurde.

Das 1892 (das Geburtsjahr unseres Vaters) erbaute Gebäude war „ein massiv gebautes" mächtiges Gebäude mit 63 Zimmern, großen Veranden und Balkons und einem herrlich dekorierten Saal. Schon der Eingang ins Kurhaus war imposant. Gleich nach der ersten Tür betrat man einen etwa 4 qm² großen Vorraum, von dem links und rechts zwei weitere kleine Räume abgingen. Hinter einer zweiten Tür befand sich eine Eingangsdiele mit zwei viereckigen Pfeilern, links und rechts, und einer in den ersten Stock führenden Freitreppe. Von dieser Eingangshalle kam man links in einen Aufenthaltsraum, rechts lag ein großer Pfeilersaal mit vier Pfeilern. Vom Pfeilersaal aus ging es in den Keller, wo auch die Küche untergebracht war. Rechts war eine verglaste Veranda und links lagen einige kleinere Räume.

Unsere Familie war im zweiten Stock untergebracht, ein Zimmer für sieben Personen. In der Ecke, in der die Mädchen schliefen, hatten wir aus Wolldecken einen Vorhang aufgehängt, damit sie sich ungestört an- und auskleiden konnten. Am Fenster zur Seeseite stand ein kleiner Kanonenofen, dessen Ofenrohr durchs Fenster nach draußen führte. Durch den fast ständigen Wind hatten wir täglich Seesand auf den Fensterbrettern. Es gab eine Gemeinschaftsküche im Keller, die jeden Monat von einer anderen Familie im Haus geführt wurde. Einige Familien waren von der Unterbringung im Kurhaus enttäuscht und fuhren gleich wieder zum Festland zurück. Die Familien, die vor uns auf der Insel waren, haben das Geschirr und die Federbetten und Kopfkissen aus dem ehemaligen Hotel geplündert.

Neben dem Kurhaus stand auf einer Wiese ein großer Scheinwerfer, mit dem während des Krieges der Himmel nach feindlichen Flugzeugen abgesucht wurde. Später sollte dieses Gerät für uns Kinder als Spielzeug bzw. als Karussell dienen. An der Rückwand des Scheinwerfers war ein großer

Kurhaus auf Amrum

Spiegel angebracht. Leider konnten einige Jungen es nicht lassen den Spiegel mit einem Ziegelstein zu zerschlagen. Die zerbrochenen Spiegelstücke waren aber gut dazu geeignet bei Sonnenschein mit dem reflektierten Licht andere Leute zu blenden.

Wittdün 1947   Wittdün heute

Unser Vater, ein durch den Verlust seiner Frau und durch die Flucht aus Danzig gebrochener Mann, war froh, endlich einen ruhigen Platz gefunden zu haben. Also blieben wir auf der Insel und versuchten das Beste aus alldem zu machen. Einmal im Monat kam ein Motorboot mit Hilfsgütern des Joint und Jewish Relief Units. Vor allem waren die amerikanischen Zigaretten sehr willkommen, denn die konnten wir gut dazu verwenden, sie für andere Gebrauchsdinge einzutauschen. Dann war da noch der ungeröstete Bohnenkaffe, den wir zwar erst in der Bratpfanne rösten mussten, der dann aber auch ein gutes Tauschobjekt war. Ferner gab es Schokolade, Käse und Matzen, eine 25 x 25 cm große, flache, knäckebrotartige Backware, die ich vorher nicht gekannt hatte. Wir erfuhren dann, dass es ein übliches Essen in Israel war. Mit Schmalz bestrichen, schmeckten diese flachen Scheiben köstlich. Es war jedes Mal ein großes Ereignis, wenn das monatliche Motorboot ankam. Dann stürmten alle aus dem Kurhaus zum Anleger, um die Sendung auszuladen und zur Verteilung ins Haus zu bringen. Anschließend wurde dann alles gleichmäßig an die Familien verteilt. Für uns Kinder war die Insel ein großer Spielplatz, die riesigen Dünen waren unser Indianergebiet, hier schlichen wir durch den Sand und fühlten uns wie Winnetou und Old Shatterhand. Für die Erwachsenen war es hingegen nicht leicht. Es gab keine Arbeit, sodass wir vom Stempelgeld leben mussten und von den Notstandsarbeiten, die hin und wieder auf der Wandelbahn durchgeführt werden mussten. Nach den Herbststürmen war die Strandpromenade vollkommen mit Sand zugeweht. Bevor die Badesaison begann, musste alles wieder sauber sein. Kipploren auf schmalen Schienen waren das wichtigste Arbeitsgerät bei dieser Aufräumaktion. Die Männer waren damit wenigstens beschäftigt und lungerten nicht den ganzen Tag herum. Was haben die Männer sonst den ganzen Tag gemacht? Mein Vater z.B. spielte mit zwei älteren Herren jeden Tag Skat. Oft habe ich zugeschaut, verstanden habe ich

52

nichts. Während des Spiels fiel nicht ein einziges Wort, aber am Ende wurde kräftig gefachsimpelt. Diese drei alten Herren wurden als die schärfsten Skatspieler im Kurhaus bekannt. Sie spielten „Skat mit Spitze", was auch immer das sein sollte. Das Einzige, was ich in Erfahrung bringen konnte, war, dass die Spielkarte „7"eine entscheidende Rolle spielte.

Eine kleine Geschichte am Rande: Ich weiß nicht, woher sie kam, diese kleine Dose Kakao, ich denke wir haben sie geschenkt bekommen. Die Aufschrift war leider in Englisch, und das verstand keiner von uns. Das Einzige, das wir entziffern konnten, war, dass man die Dose erhitzen sollte. Also stellten wir die Kakao-Dose auf eine kleine Kochplatte und warteten auf die Dinge, die da kommen sollten. Es tat sich nichts Gutes. Also gingen wir mal vorsichtshalber in Deckung. Dann gab es einen großen Knall und die Dose explodierte und der schöne Kakao schmückte die Decke und die Wände. Aus war es mit dem guten Getränk. Wir hatten dummerweise vergessen, die Dose vorher zu öffnen.

Doch zurück zu Wittendün: Am Dorfende, schon fast in den Dünen gelegen, stand ein längliches Gebäude, in dem die Muschelfabrik untergebracht war. Vor allem wurden hier die köstlichen Nordseekrabben gepuhlt und in Dosen eingeschweißt. An langen Tischen saßen ältere Damen, die mit enormer Geschwindigkeit die Krabben aus ihrem Panzer puhlten. Wir bekamen dadurch die Gelegenheit etwas Geld zu verdienen. Wie holten einige Kilo Krabben nach Hause, puhlten sie in Gemeinschaftsarbeit und brachten die ausgepuhlten Krabben wieder zur Fabrik. Dafür bekamen wir je nach Gewicht die eine oder andere Mark. Zuerst wurden die Krabben ungepuhlt gewogen, danach dann das Krabbenfleisch, dementsprechend wurden wir dann auch bezahlt.

Wie gesagt, nach dem Krieg gab es keine Arbeit auf Amrum und man war froh, wenn sich hin und wieder die Möglichkeit eröffnete, etwas Geld zu verdienen. Neben dem Krabbenpuhlen gab es noch die Austern-Fischerei. Eine Fischverarbeitungsfirma in Wyk auf Föhr brachte eine Schute (motorloser Kahn) mit einem Schlepper nach Amrum. Der Kahn wurde bei Steenodde ins flache Wasser gelassen. Dann wurde darauf gewartet, bis Ebbe eingetreten war und die Schute auf dem Schlick stand. Mehrere Männer mit Drahtkörben und Forken bewaffnet machten sich an die Arbeit, die Austern aus dem Schlick zu graben. Genau das tat auch ich mit meinem Bruder Werner. Er grub und ich sammelte die Austern, die auch „Pisser" genannt wurden, in den Korb. An der Schute wurden die Austern dann gewogen und entsprechend der Menge wurde ausbezahlt. Zu zweit ging das natürlich viel schneller als allein, und so verdienten wir uns gemeinsam die eine oder andere Mark, um damit unseren Lebensunterhalt zu bestreiten. Warum der Name „Pisser"? Das lernten wir schnell: Die Austern haben an der Seite einen Rüssel (siehe Foto), den sie durch den Schlick nach oben schieben und dann einen Spritzer Wasser abgeben.

Die Schlickauster

In der Zwischenzeit waren 1½ Jahre vergangen, seitdem wir keinen Schulunterricht mehr hatten. Das war nun vorbei, ab jetzt ging es wieder in die Schule. Es war eine sehr kleine Schule; sie verfügte über nur ein Klassenzimmer. Vormittags wurden die Klassen drei bis neun unterrichtet, nachmittags die Klassen eins und zwei. Die einzelnen Klassenstufen saßen hintereinander, die niedrigen Klassen vorne, die höheren hinten. Alle lernten etwas anderes, so war es doch erstaunlich, wie gut der damalige Lehrer Wietasch mit all dem Durcheinander zurechtkam. Was mich immer begeistert hat, war, dass unser Lehrer nie ein Buch in der Hand hielt. Er lehrte jedes Thema aus dem Kopf. Aber nicht nur mit dem Unterrichtsstoff konnte er gut umgehen, nein, auch der Rohrstock lag sehr gut in seiner Hand. Nicht selten machten wir damit Bekanntschaft. Egal, was in Wittdün geschah, alles wurde zum Lehrer getragen. Morgens hieß es dann in der Schule mitunter: „Fredy, Günter, Jürgen, Uwe, aufstehen!" Ein Schauer lief über unsere Rücken, denn wir wussten, was das zu bedeuten hatte. Zögernd gingen wir nach vorne, beugten uns über die erste Schulbank, dann erfolgte ein Zischen und unser Allerwertester brannte wie Feuer. Mit den Händen versuchte man dann den Schmerz wegzureiben. Nur einen Schlag teilte er aus, aber der hatte es in sich und für einige Zeit gereicht. Aber nicht nur der Hosenboden wurde gegerbt, auch die Hände mussten oft herhalten. Immer, wenn wir nach einem Diktat bei der Fehlerkorrektur erneut Fehler schrieben, gab es für jedes falsch geschriebene Wort einen Schlag auf die Handfläche. Ehrlich gesagt: Geschadet hatte uns das nicht, im Gegenteil, wir lernten uns zu benehmen und hatten Respekt vor den Erwachsenen. Hätten wir davon zuhause erzählt oder uns beschwert, dass wir in der Schule Prügel bekommen hatten, hätte Vater nicht gezögert, uns nochmal das Fell zu gerben. Also war es ratsam zu schweigen und in Zukunft zu überlegen, ob für diese oder jene Tat der Rohrstock in der Schule sprach oder nicht. Aber Lehrer Wietasch hatte auch seine guten Seiten. So war er sehr sportlich und es blieb nicht aus, dass Sport in der Schule einen hohen Stellenwert hatte. Egal, wie das Sportprogramm aussah, unser Lehrer machte alles perfekt vor. Er verstand es auch spannende Geschichten aus seinem Leben als Junglehrer zu erzählen. Da wurden unsere Ohren groß und größer. An eine Geschichte kann ich mich noch sehr gut erinnern: Lehrer Wietasch wurde als Vertretung in eine Klasse geschickt, in der es immer sehr disziplinlos zuging. Jeder Lehrer hatte vor dieser Klasse Angst. Nun gut, unser Lehrer betrat die Klasse. Es war die oberste Stufe, bestand also aus großen Jungen, die vor niemandem Respekt hatten. Niemand nahm Notiz davon, dass der Lehrer die Klasse betrat. Man saß auf den Bänken, diskutierte laut und machte keine Anstalten sich auf seine Plätze zu setzen. Lehrer Wietasch verließ das Klassenzimmer, kam wieder rein und knallte die Tür sehr laut zu. Die Meute wurde aufgeschreckt und begann sich langsam zu setzen. Bevor auch nur ein Wort gesprochen war, erhob sich langsam ein junger Mann in der letzten Bank, er wurde groß und größer. Unser Lehrer war dagegen ein Zwerg. Der junge Mann stützte sich gebeugt mit beiden Händen auf seinen Tisch, und aus seinem Mund sprudelten die Worte: „Sie wären nicht der erste Lehrer, den wir verprügelt haben."

Lehrer Wietasch zog seine Jacke aus, hing sie langsam über die Stuhllehne und sagte: „Der erste kann kommen".

Der Lange setzte sich wieder hin und der Unterricht verlief in angenehmer, ruhiger Atmosphäre. Diese Haltung unseres Lehrers habe ich mir zu eigen gemacht und mich so aus manch brenzliger Lage retten können - dazu komme ich noch später in meiner Geschichte.

Für die Jugendlichen, die bereits die Schule verlassen hatten, gab es auf Amrum keine Möglichkeiten eine berufliche Ausbildung zu bekommen. Auch gab es keine Möglichkeit eine Arbeit zu finden. So war jedem klar, dass eine Orientierung über die Insel hinaus notwendig war. Es bot sich die Möglichkeit, über Blankenese und Bergen Belsen nach Palästina auszuwandern. Dieses stieß auf großes Interesse bei den jungen Leuten. Es bot sich dort die große Chance, eine Zukunft aufzubauen. Natürlich gab es intensive Gespräche und Auseinandersetzungen innerhalb der Familien im Kurhaus. Die Trennung von der Familie und die Ungewissheit über die Lebensbedingungen in Palästina waren schon ein großes Thema. Ich bin sicher, dass, wenn unsere Mutter zu der Zeit noch gelebt hätte, meine Geschwister nicht nach Palästina ausgewandert wären. Erna, Robert, Gerda und Helga und weitere acht Jugendliche entschieden sich für diesen Schritt. Erna ging nach Belsen, die anderen drei nach Blankenese. Bis zum 17. Lebensjahr wurden die Jugendlichen nach Blankenese gebracht, die Älteren nach Bergen Belsen. In Blankenese waren die Kinder im Anwesen der jüdischen Familie Warburg auf dem Kösterberg, das zum Kinderheim umfunktioniert worden war (Childrens Health Home), untergebracht. Mehrere hundert jüdische Kinder und Jugendliche wurden von 35 erwachsenen Betreuern und Betreuerinnen bewacht und unterrichtet. Finanziert wurde das Ganze von der UNRRA, eine in den USA 1943 gegründete Organisation (United Nation Relief und Rehabilitation Administration) und dem "Joint", dem American Jewish Joint Distribution Committee.

Die ausgewanderten Kinder wurden in einem Kibbuz untergebrach, lernten Hebräisch und wurden in der Landwirtschaft eingesetzt. Sie waren so am Aufbau des Staates Israel beteiligt. Gerda heiratete den Polen Elek Gutmann und bekam vier Kinder, Ahron, Ahuva, Veret und Erek. Sie alle leben heute noch in Israel. Robert und Helga wurden zum Militärdienst verpflichtet, wobei Robert als Koch tätig war. In den fünfziger Jahren kehrten beide wieder nach Deutschland zurück, was jedoch mit großen Schwierigkeiten verbunden war. Hierfür hatte sich unser Bruder Werner eingesetzt. Helga heiratete in Kaiserslautern Karl Emmerling, Robert blieb ledig und arbeitete in Kaiserslautern beim amerikanischen Militär bis zu seinem Tode 1984.

Wo viele Flüchtlinge in einem Haus zusammenwohnen, da passieren natürlich im Laufe der Zeit interessante und auch tragische Dinge. So saßen wir oft abends im Dunkeln auf der Veranda an einem großen runden Tisch, auf dessen Mitte ein kleines Teelicht brannte. Die großen Jungen erzählten Räubergeschichten, woraufhin wir Kleinen uns später nicht allein durchs große Haus zu gehen trauten.

1947, als der starke Winter das Wattenmeer zufrieren ließ, kam es fast zu einer Katastrophe. Das Eis brach auseinander und es bildeten sich riesige Eisschollen. Ein idealer Spielplatz für Groß und Klein. Eine der Eisschollen wurde auch gleich von uns mit Beschlag belegt. Wir waren ca. 10 bis 15 kleine und große Kinder auf der Eisscholle, eine lange Stange diente als Staken und so fuhren wir auf der Scholle hin und her. Es war starker Nebel, so stark, dass wir zuerst das Kurhaus nicht mehr sehen konnten und auch bald nicht mehr den Strand. Plötzlich brach die Eisscholle in zwei Teile auseinander, wir verteilten uns automatisch auf beiden Schollen. Nur Pech für mich, auf meinem Teil waren wir ohne Staken und konnten uns so nicht am Grund abstoßen. Die Scholle wurde durch die Ebbe nach draußen ins offene Meer getrieben und der Nebel war so dicht, dass wir nicht mehr wussten, wo wir waren. Wir heulten und riefen nach unseren Eltern, wir fürchteten uns fast zu Tode. Doch wir hatten Glück. Die Flut trieb uns wieder an Land. Kurz zuvor war Wechselwasser, das heißt, die Ebbe war vorbei und die Flut setzte wieder ein. An Land angekommen, warteten schon die Eltern, auch mein Vater. Alle waren aufgeregt und schimpften durcheinander, hier und dort gab es Ohrfeigen oder der Hintern wurde versohlt. Ein Schreck, den man so schnell nicht vergisst.

Die Toiletten im Kurhaus waren links und rechts neben dem Treppenaufgang. Noch immer gab es kein richtiges Toilettenpapier, weshalb wir alte Zeitungen benutzen mussten. So dauerte es nicht lange und die Toiletten waren wieder ständig verstopft. Nachts schlichen die Menschen raus und erledigten ihr Geschäft in den Dünen oder der offenen Veranda, wir Kinder nannten diese Häufchen Tellermienen. (Ich komme später noch darauf zurück)

Nach einiger Zeit zogen wir dann um, vom zweiten Stock ganz nach unten ins Parterre. Hier hatten wir zwei Zimmer und einen großen Abstellraum für Holz zum Heizen und sonstigen Kram. Außerdem hatten wir im Flur eine eigene Toilette und im Keller noch einen Kellerraum.

Am Wochenende kam immer ein Wanderkino vom Festland, da wurde der große Tanzsaal hinterm Haus zum Kinosaal. Die Leute kamen zu Fuß und mit Fahrrädern, um sich die Filme anzusehen. Für mich und einige andere Kinder war das eine gute Gelegenheit mit den abgestellten, nicht angeschlossenen Fahrrädern das Fahren zu lernen. Wir hatten eineinhalb Stunden Zeit, bis der Film zu Ende war. Dann mussten die Räder wieder an ihrem Platz stehen. Es dauerte einige wenige Wochen und wir konnten Radfahren. Zuerst mit einem

Bein durch den Rahmen, wer ein Damenfahrrad erwischte, hatte es etwas leichter. Mit der Zeit ging es schon über den Rahmen, aber noch nicht auf den Sattel, der war noch zu hoch. Dann kam die Zeit, wo man gerade auf dem Sattel mit leichten seitlichen Rutschen (wir bezeichneten das als Pfefferreiben) sitzen konnte. Der Sohn des Leuchtturmwärters kam immer mit seinem Rad zum Kurhaus, ich durfte ihn dann abends zurück zum Leuchtturm fahren, er saß vorne quer auf der Stange. Um sechs Uhr abends sind wir dann auf den Turm raufge-

Amrumer Leuchtturm bei Nacht

stiegen und haben das Gewicht, das an einem Drahtseil hing, mit einer Kurbel hochgedreht. Durch das Gewicht wurde ein Uhrwerk in Gang gesetzt, das durch ein Linsengestell, das eine starke Glühbirne umgab, zwölf Strahlen erzeugte. Danach bin ich dann wieder nach Hause gelaufen, ca. drei Kilometer. Anschließend glühten mir die Wangen, das war für mich ein schönes Gefühl.

Der Leuchtturm auf Amrum

An Sonntagen war im Kurhaus oft Kindertanzen angesagt. Ein Schlagzeug war vorhanden, niemand wusste, wem es gehörte. Das spielte aber auch keine Rolle. Wichtig war bloß, dass es immer einige Leute gab, die Musik für uns machten.

Eines Tages veranstaltete die Schule ein großes Schulfest, bei dem auch ein Preistanzen angesagt war. Der Saal war so voll, dass einige Schüler auf den Fensterbänken standen. Ich kann mich noch sehr gut daran erinnern, wie ich mit kurzen Hosen und Gummisandalen dort aufgekreuzt bin. Für alle Anwesenden war von vornherein klar, Fredy Herz und Gisela Kohnke würden mit Sicherheit das Rennen machen. Ich muss dazu sagen, dass Gisela und ich schon beim Kindertanz immer zusammen getanzt haben und dass das damals schon ganz gut geklappt hatte. Während des Preistanzens gingen einige Erwachsene zwischen den Tanzenden hin und her und machten sich ihre Notizen. Zum Schluss kam es wie vermutet: Gisela und ich hatten gewonnen und wurden das Siegerpaar. Als Geschenk bekamen wir einen Füllfederhalter und ein Tintenfass. Das war etwas ganz Tolles, denn sonst schrieben wir nur mit Bleistiften auf nicht wasserfestem Papier. Nun kam für mich das Allerschlimmste: Wir mussten einen Solotanz aufs Parkett legen, und zwar einen Walzer, den konnten wir schon rechts und links herum tanzen. Alle haben laut und kräftig geklatscht und mir war es sehr peinlich. Aber schön war es dann doch, wenn man bedenkt, dass wir keine Tanzschule besuchten, sondern alles nur vom Zuschauen gelernt hatten. Ich war gerade mal 12 Jahre alt und natürlich haben Gisela und ich bei jedem Kindertanz zusammen getanzt.

Zu Weihnachten wurde dann von der Schule aus ein Weihnachtsmärchen „Kullerchen" aufgeführt. Kullerchen hieß der Schneemann. Um ihn handelte das Märchen. Kullerchen wurde von Udo Wenzel, dem Stiefsohn unseres Lehrers, gespielt, ich war ein Zwerg.

Herr Jurkschik aus dem Kurhaus schrieb und organisierte ein Theaterstück, das von den Kindern aus dem Kurhaus aufgeführt wurde. Das Stück hieß: „Es klappert die Mühle am rauschenden Bach". Günter Feibel und ich spielten die Clowns Dr. Troldie und Poldie. Aus großen Tischen wurde eine Bühne gebaut, aus Überdecken, die man tagsüber auf das Bett legte, wurde der Bühnenvorhang gebastelt. Nun, Günter und ich traten immer in den Pausen auf und zwar vor dem Vorhang, währenddessen wurde dahinter das Bühnenbild umgebaut. In einer Pause sollten wir das umgedichtete Lied „Am Brunnen vor dem Tore" singen, und zwar: „Am Brunnen vor dem Tore, da saufen wir uns satt." Dazu wurden zwei Flaschen Limonade hinter den Vorhang gestellt, die wir dann während des Liedes greifen sollten und zwei Betrunkene spielten. Wir griffen und krabbelten hinter den Vorhang und konnten die Flaschen nicht finden. So fingen wir unser Lied immer und immer wieder von vorne an. Das Publikum krümmte sich vor Lachen.

Eines Abends standen wir Jüngeren mit den größeren Jungs wieder mal im Treppenhaus und erzählten Geschichten. Da hatten die älteren Jungs eine Idee, die sich fantastisch anhörte, aber fatale Folgen haben sollte. Wir ließen im Haus verlauten, dass wieder ein Motorboot mit Zuteilung eingetroffen sei. Schnell wurden Lose gefaltet und wir Kleinen mussten sie an die Bewohner verteilen mit dem Hinweis, die Ware könne in einem bestimmten Zimmer abgeholt werden. Auf den Losen standen u.a. auch ein Büstenhalter, ein Schlüpfer, lange Unterhosen und andere möglichst ausgefallene Sachen. Es dauerte auch nicht lange, da trafen sich die ersten vor dem genannten Zimmer und wollten ihre Lose einlösen. So weit, so gut, als aber eine 80-jährige Frau einen Büstenhalter gezogen und auch sonst einige die verrücktesten Sachen gewonnen hatten, war die Aufregung sehr groß. Man traf sich in der Mitte des Treppenhauses, schimpfte, war empört und ging sich fast in die Haare. „Wer war das?", rief man in die aufgeregte Menge, Unverschämtheit, Ratlosigkeit, Wut, all das zur gleichen Zeit. Am Ende wurden die Schuldigen gefunden. Erst haben wir uns vor Lachen nicht halten können, dann kam Bedenken und schließlich ein wenig Angst in uns auf.

„Was sollen wir mit den Lümmeln machen?", schallte es auf dem Flur. „Alle einzeln in ein Zimmer und dann eine Tracht Prügel verabreichen?"

Es kam schlimmer, wir mussten „Tellerminen" räumen, das waren die Haufen, die einige Leute nachts auf die offene Veranda gesetzt hatten, weil die Toiletten verstopft waren. Freund Günter und ich machten uns ganz früh auf die Socken und schlichen uns von dannen nach Kniepsand. Dort verbrachten wir den ganzen Tag bis zum Abend in der Hoffnung, dass alle Minen weggeräumt wären, wenn wir zurückkamen. Dem war allerdings nicht so, alle an der Loseaktion Beteiligten standen mit Schaufeln und Besen und warteten schon auf uns. Sie hatten für jeden von uns beiden einen Haufen übriggelassen, den wir dann reumütig entfernten.

Ich erzähle jetzt einer meiner schlimmsten Erlebnisse in dieser Zeit: In Wittdün gab es einen einzigen Bauern, der mit seinem Pferdefuhrwerk das Gepäck der Leute vom Dampfer abholte. Anschließend wurden die Pferde vom Knecht in Richtung Leuchtturm zur Koppel gebracht. Ich durfte die Pferde zur Koppel reiten, der Knecht fuhr mit dem Fahrrad nebenher und brachte mich dann anschließend nach Hause. Da durch Ebbe und Flut der Dampfer nicht täglich zur selben Zeit kam, wurde es manchmal auch ziemlich spät. Mit der Zeit durfte ich die Pferde allein zur Koppel bringen, zurück bin ich dann gelaufen.

Eines Tages wurde es sehr spät und als ich nach Hause kam, hörte ich am Fenster, wie mein Vater zu unserer Haushälterin Frau Klaffke sagte: „Ich möchte nur mal gerne wissen, wo der Bengel jeden Abend so lange bleibt!"

Da überfiel mich eine fürchterliche Angst und ich traute mich nicht reinzugehen. Ich wusste, dass meine Schwester Erna einen Schlüssel von der Verandatür im letzten Zimmer nach draußen hatte und hoffte, dass sie an diesem Abend, es war Samstag, im Haus Wilmersdorf zum Tanzen war. Ich lief dorthin und entdeckte sie aber nicht. Also ging ich wieder zurück. Ich sah, wie mein Vater vor die Tür ging, um nach mir zu schauen. Die Zeit verging, es wurde später und später, es war in der Zwischenzeit schon Mitternacht und meine Angst wurde immer stärker. Ich war mir darüber im Klaren, dass es eine gehörige Tracht Prügel geben würde, wenn Vater mich erwischte. So schlichen wir beide ums Haus und ich hoffte einen Moment zu erwischen, wo ich in mein Zimmer flitzen konnte. Fast hätte ich es geschafft, ich war schon im Hausflur und dachte, mein Vater sei vorne an der Hausecke. Dem war aber nicht so. Ich stand im Dunkeln und schlich mich in eine Ecke, wo der Eingang zum Tanzsaal war. Plötzlich kam mein Vater auch in diese Ecke und kurz vor mir zündete er sein Feuerzeug an. Ich machte in meiner Verzweiflung einen Hechtsprung in Richtung Fenster nach draußen. Ich weiß nicht, wie ich es geschafft habe, ich wusste nur, dass im zweiten Fenster von unter kein Glas mehr war. Das Fenster war ebenerdig und so schaffte ich es mit einer Rolle nach draußen. Ich lief ans Hausende und versteckte mich an der Böschung zur Wandelbahn und beobachtete den Hauseingang. Dann kam er wieder aus dem Eingang und ging in die andere Richtung zur anderen Hausecke, um Ausschau zu halten. Diesen Moment nutzte ich, um ins Haus zu flitzen und sprang mit Kleidern und Schuhen ins Bett. Ich zog die Bettdecke über meinen Kopf und tat so, als schliefe ich. Dann kam das Unheil dennoch auf mich zu. Mein Vater betrat das Zimmer, zog meine Decke etwas zurück, der Angstschweiß lief in Strömen über mein Gesicht, er deckte mich wieder zu und verließ das Zimmer. Nichts geschah, kein Wort, keine Prügel. Erst am nächsten Morgen folgte dann das Donnerwetter. Vater drohte mit der Erziehungsanstalt, wenn ich so weitermachte. Ich kam nochmal mit einem blauen Auge davon. Unser Vater war sehr streng, aber nicht nachtragend und sehr gerecht. Wenn man nicht auf frischer Tat erwischt wurde, gab es keine Strafe, sondern nur Schimpfe, welch ein Glück für mich!

Man sollte meinen, dass Menschen, die das gleiche Schicksal erlebt haben, besser zusammenhalten würden und in schlechten Zeiten zueinanderstünden. Leider wurden wir eines Besseren belehrt. Verrat und Missgunst sind hier in einem Atemzug zu nennen. Es geschah im strengen Winter 1947. Wir hatten kein Heizmaterial. So kam es vor, dass wir tagsüber vor Kälte im Bett lagen, um uns zu wärmen. Mitten im Dorf stand vor dem Hotel Wiking ein großer Fahnenmast mit einem zwei Meter hohen Sockel. Nachts machten sich mein Vater und mein Bruder Werner auf den Weg, um den Fahnenmast nebst Sockel, der mit einer dicken Eisschicht bedeckt war, zu fällen. Der Umsturz des Mastes war sehr laut, die Eigentümer mussten es gehört haben, trauten sich aber nachts nicht raus. Schnell wurde alles in metergroße Stücke gesägt und ins Kurhaus in ein Versteck gebracht, das so schnell keiner entdecken würde.

Der Diebstahl blieb nicht unbemerkt; schnell sprach es sich im ganzen Dorf und im Kurhaus herum. Irgendwie kam heraus, dass Vater Herz den Mast entsorgt hatte. Einer der wichtigsten Menschen im Kurhaus hatte uns verraten. So kam es zu einer Anzeige und schließlich zu einer Gerichtsverhandlung auf der Nachbarinsel Föhr. Der Richter war sehr einsichtig, er legte durch seine Fragestellung meinem Vater quasi die Antworten in den Mund, wie: „Sie haben doch sicherlich den unnötigen Mast nur gefällt, um ihre frierenden Kinder vor der starken Kälte zu schützen." In der Art kamen alle Fragen, und so blieb es nicht aus, dass mein Vater freigesprochen wurde, zu unserer Freude und zum Ärger der Verräter.

Der Anblick von Leichen war mir erfahrungsgemäß nicht angenehm. So geschah es vor Helgoland, als ein von Norwegern gebautes Wikingerschiff im Sturm zerschellte und unterging. Die Reisenden waren auf dem Weg nach Frankreich zu einer Ausstellung, nur der Koch, der unterwegs krank wurde und in Hamburg an Land ging, überlebte. Später kamen Schiffsteile, die heute auf Sylt aufbewahrt werden, und Leichen an Land geschwemmt. Wir hörten, dass eine auf Kniepsand gelandet sein sollte. Der Wittdüner Bauer fuhr mit einem Pferdefuhrwerk hinaus, um sie zu hohlen. Freund Günter und ich machten uns gleich auf dem Weg, um das Schauspiel zu beobachten. Kniepsand stand zu der Zeit knietief unter Wasser. Schnell wurde der Tote gefunden, er trieb auf dem Bauch mit einer norwegischen Flagge am Körper. Mit einem Haken an einer Kette hakte der Bauer den leblosen Körper in den Kleidern ein und zog ihn bis zu einer nicht überspülten Stelle auf den Sand. Der Kopf war kahl, ein Bein nur noch halb und ohne Fleisch an den Knochen. Bis dahin war alles noch in Ordnung, aber in dem Moment, als die Leiche umgedreht wurde, wurde uns beim Anblick des Gesichtes furchtbar schlecht. Die Augen waren von den Möwen ausgepickt. Es war ein furchtbarer Anblick. Schauer lief über unsere Rücken. Für diesen Tag waren wir restlos bedient. Es dauerte eine Weile, bis wir uns wieder nach Kniepsand trauten, immer in Angst, einer weiteren Leiche zu begegnen. Es müssen ja nicht immer Leichen sein.

Ansonsten war Strandgut immer willkommen, vor allem dann, wenn es sich um Apfelsinen handelte. Im Frühjahr und im Herbst gab es die großen Stürme, die manch ein Frachtschiff aus Sicherheitsgründen veranlassten, einen Teil ihrer Ladung über Bord zu werfen. So kam es dann, dass das Meer eines Tages orange war. Wir trauten unseren Augen nicht: Apfelsinen, nichts als Apfelsinen. Was Arme und Beine hatte, rannte zum Strand und sammelte, was das Zeug hielt. Schnell stellten wir fest, dass die Apfelsinen vom Salzwasser durchtränkt und zum Essen nicht mehr geeignet waren. Anderseits, wenn eine ganze Kiste angeschwemmt kam, waren die Apfelsinen, die in der Mitte gelagert waren, noch essbar. Welch ein Schauspiel, unser Fräulein Jendrike stürzte sich in voller Montur in die Fluten, um als Erste an die von allen gesichtete Kiste zu kommen. Ihr Verlobter, der Sohn des Apothekers, stand am Ufer und rief immer wieder: „Aber nicht doch, Edith, du wirst dich noch erkälten." Sie war halt ein gestandenes Weibsbild und kannte keine Furcht.

Aber nicht nur Apfelsinen schwemmten an Land, einmal kamen riesige Schmalzblöcke ans Ufer gespült, die waren zum Verzehr nicht geeignet, sie schwammen schon zu lange im Wasser und waren teilweise in der Mitte schwarz und gammelig.

Eines Tages erhielten wir die Nachricht, dass Helgoland am 18. April 1947 gesprengt werden sollte. Alle mussten ihre Häuser verlassen und die Fenster und Türen offenstehen lassen. Man rechnete mit einer riesigen Flutwelle, die über die Inseln einbrechen könnte. Wir bekamen Order, uns vor dem Kurhaus in den Dünen aufzuhalten, was wir auch taten. Alle waren nun gespannt, was passieren würde. Die Sprengung war auf 13.00 Uhr mittags angesetzt. Je näher die Zeit der Sprengung rückte, desto leiser wurden alle. Plötzlich sahen wir in der Ferne einen Rauchpilz aufsteigen, gleich einem Atompilz, und kurz darauf folgte ein kurzer Ruck durch die Insel. Das war es auch schon. Am nächsten Abend wiederholten sich genau das gleiche Bild und die gleiche Erschütterung. Später erfuhren wir dann, dass die Sprengung nicht so, wie sich das die Engländer vorgestellt hatten, gelungen war. Einen derartigen Felsen wie die Insel Helgoland, lässt sich nicht so einfach ins Meer sprengen. Obwohl Helgoland vollgestopft mit alten Bomben, Munition und Sprengstoff war, stand der Felsen wie eine Eins da und hatte keinen Schaden davongetragen. Danach benutzte die englische Luftwaffe Helgoland als Ziel für Bombenabwürfe, die jeden Abend aus der Ferne als Feuerblitze zu sehen waren.

Die meiste Zeit über war ich mit Günter Feibel zusammen, wenn einer von uns nach draußen wollte, dann gingen wir in den Gebäudeflügel, in dem er wohnte, und pfiffen eine bestimmte Melodie, die wir vorher ausgemacht hatten. Danach trafen wir uns und ab ging es nach draußen, entweder in die Dünen, an den Strand oder wir stromerten einfach durch die Gegend. Günters Familie wanderte später nach Amerika aus, danach war ich oft mit Peter Jürgensen zusammen. Peters Vater war der Herbergsvater in der Jugendherberge in Wittdün. Von Beruf war sein Vater eigentlich Bäcker und Konditor. Wenn Weihnachten vor der Tür stand, backte er jede Menge Weihnachtsgebäck und lagerte diese in leeren Marmeladeneimern, die er in der Schlafstube auf dem Schrank aufbewahrte. Ferner besaß die Jugendherberge eine Speisekammer, in der es allerlei leckere Sachen gab, zum Beispiel Rosinen. Peter besaß eine große Pudelmütze, die nannten wir die „Gute Stube". Wenn Peters Eltern aus dem Haus waren, ging Peter hin und füllte die Pudelmütze voll mit Gebäck und Rosinen, daher der Name „Gute Stube". Wir suchten uns ein ruhiges Plätzchen, an dem uns nicht gleich jeder finden konnte, und machten uns an den Verzehr des Inhalts der guten Stube. Zu Weihnachten waren die

Marmeladeneimer dann halb leer. Man kann sich leicht vorstellen, dass Peters Eltern darüber nicht gerade erfreut waren. Uns hatte es auf jeden Fall geschmeckt, zumal ich ansonsten sowieso nicht viel zu essen hatte. Ein andermal kauften wir ein Pfund Zucker, den löffelten wir, bis es uns schlecht wurde und der Gaumen anfing zu kitzeln. Aber wer nun denken sollte, dass wir den restlichen Zucker weggeschüttet hätten, irrt sich. Wir füllten eine Flasche mit Wasser und lösten darin den restlichen Zucker auf und tranken alles leer. Dem nicht genug, als nächstes kauften wir uns ein halbes Brot und ein halbes Pfund Kunsthonig und aßen so lange, bis beides aufgegessen war.

Nicht immer sind wir zu zweit losgezogen; manchmal waren wir auch zu fünft oder sechst. Dann spielten wir in den großen Dünen; schließlich waren wir ja alle Indianer. Unser Plan war das Aufstöbern von Kaninchen in ihren Löchern und das Suchen von Möweneiern. Beides war, sofern wir Jagderfolg hatten, sehr lecker. Ich erinnere mich noch an einen Tag, als Günter und ich ein entdecktes Kaninchenloch ausgraben wollten. Wir gruben und gruben, was ja im weichen Sand kein großes Problem darstellte. Woran wir allerdings nicht gedacht haben, war, dass die Kaninchenhöhlen ja nicht nur einen Eingang hatten, sondern auch einen Ausgang und das manchmal auch in größerer Anzahl. Nun, ich grub und grub und plötzlich rauschte ein Kaninchen direkt in unserer Nähe an uns vorbei, das Loch hatten wir nicht gesehen und Günter lief mit offenem Taschenmesser hinterher in der Hoffnung, er könne so einen schnellen Meister Lampe mit dem Messer fangen. Hinterher haben wir uns fast schiefgelacht, aber der Effekt und die Reaktion waren halt da. Später stromerten wir zu fünft durch die Dünen, immer ein wenig auf Abendteuer hoffend. Schließlich landeten wir auf einer großen Wiese, es war das Amrumer Biotop. Heute befindet sich dort ein kleiner See mit vielen Enten und Vögeln. Wir saßen in der Runde und erzählten uns Räubergeschichten, bis einer auf die Idee kam, dass wir gemeinsam einen großen Haufen menschlicher Abfälle machen und einer mit der Hand hineingreifen müsse. Dafür bekam er dann von den anderen vieren fünfzig Pfennige, das war für uns viel Geld. Einer der Jungen war bereit, diese Tat zu vollbringen und schon war seine Hand in der Scheiße. Er war es auch, der uns die Geheimsprache verraten hatte, die einige Jungens sich angeeignet hatten und damit richtig fließend sprechen konnten. Wir waren halt Kinder, und ich habe ihm diese Tat schon längst verziehen.

Bei der Geheimsprache handelte es sich übrigens um die U-Sprache. Höchst kniffelig und amüsant. Jedes Wort begann mit dem Buchstaben „U" und endete mit einem „Ei" zum Beispiel: du heißt = udei, wir = urwei und der erste Buchstabe wurde am Ende vor dem „ei" gesetzt usw. Selbstlaute wurden dabei weggelassen.

Die Jahre auf Amrum waren für uns Kinder eine schöne Zeit. Wir spielten in den Dünen Indianer, tollten täglich am Strand herum und hatten im Gegensatz zu den Alten keine Sorgen.

Unser Bruder Werner heiratete am 08.09.1948 Hilda Kessler aus Nebel. Sie wohnten im ältesten Friesenhaus auf Amrum, heute ist das Haus ein Museum, das „Öömrang Hüs." Hildas erster Mann ist im Krieg geblieben und ließ seine Frau mit den beiden Kindern Konrad und Birga allein zurück. Als ich sie einmal besuchte, schlief ich in einem echten Wandbett, Alkoven. Die alten Friesen glaubten, dass sie darin, wenn eine Sturmflut käme, sicher seien. Das Haus war mit Reed gedeckt, und eines Tages gab es ein so heftiges Gewitter, dass wir uns bei jedem Donnerschlag auf den Boden warfen. Mit Gewitter war es auf Amrum so eine Sache. Entweder kreiste es um die Insel herum, dann hatten wir unsere Ruhe, oder es setzte sich über der Insel fest, dann dauerte es sehr lange, bis es vorbei war. Die Gewitter waren dann sehr heftig. Man sah mitunter, wie die Blitze ins Meer einschlugen und eine Wassersäule emporschoss. Einmal schlug der Blitz sogar im Kurhaus ein. Es war wie bei einem Bombenangriff im Krieg und wir Kinder hatten furchtbare Angst.

1947 wurde der Sportverein Amrum neu gegründet. Zu diesem Anlass bin ich nach Nebel gelaufen, um dabeizusein. Gespielt wurde aber nur Feldhandball. Fußball konnte man sich zu der Zeit finanziell nicht leisten, Fußballschuhe waren sehr teuer und Geld war keines vorhanden. Ich fand es großartig, mit meinem Lehrer Wietasch in einer Mannschaft spielen zu dürfen. Ich war zwar klein, aber sehr schnell, denn damals hatte ich schon mit Joggen angefangen.

Eines Tages brachte unser Vater einen Hund, den kleinen Husky Flocki mit nach Hause. Wir hatten ihn im Keller in einem kleinen Raum untergebracht, und meine Aufgabe war es, mich täglich um ihn zu kümmern. Jeden Tag waren wir draußen und tollten miteinander herum. Ich sah ihn aufwachsen, wir waren unzertrennlich. Immer, wenn ich in den Keller kam, um ihn zu holen, war die Freude riesengroß.

Die Jahre vergingen und es kam der Tag, an dem es hieß, dass wir Amrum verlassen mussten. Die Flüchtlinge wurden alle umgesiedelt und über ganz Deutschland verteilt. Das war auch der Moment, als ich mich von Flocki trennen musste. Vater war der Meinung, wir könnten den Hund nicht mitnehmen und übergab ihn einer Familie, die in der Nähe des Leuchtturmes in den alten Zollhäusern wohnte. Ich war sehr traurig und weinte bitterlich. Vater war hart und kannte kein Erbarmen. Als ich einmal mit ein paar Freunden an dem alten Zollhaus, das etwa 50 Meter von der Straße entfernt lag, vorbeikam, sah ich meinen Hund an einer Kette liegen. Er sah mich, sprang auf und wollte zu mir. Er jaulte und wimmerte fürchterlich. Mir blieb fast das Herz stehen, aber ich durfte nicht zu ihm. Heute bereue ich es, ich hätte zu ihm gehen sollen, um ihn ein wenig zu streicheln und zu beruhigen.

So verschlug es uns nach Rheinland-Pfalz. Zuerst kamen wir nach Kaiserslautern, wo wir einige Tage blieben. Dann ging es weiter nach Mehlingen. Die Fahrt dorthin war sehr abenteuerlich, der Zug stand nachtsüber auf einem Nebengleis und während des Tages fuhr er wieder weiter. So benötigten wir drei Tage bis zu unserem Ziel. Unsere Schwester Erna hatte ja schon Töchterchen Margot und somit auch einen Kinderwagen. Die Folge war, dass wir in einem Traglastenabteil waren, d. h. in einem großen Abteil mit Holzbänken und viel Platz. Über den Bänken gab es nur ein Brett und darauf verbrachte ich die Nacht. Als nun der Zug am frühen Morgen anfuhr, gab es einen kräftigen Ruck und ich flog schlafend von meinem Brett auf den Boden und verstauchte mir dabei den rechten Daumen. Ärztliche Hilfe hatte ich nicht, aber dafür einen Daumen, der allein fast so dick war wie der Rest der Hand. Die Schmerzen waren fürchterlich und es dauerte sehr lange, bis der Daumen wieder vollständig hergestellt war. Dafür war die Fahrt durch den Pfälzer Wald für mich ein Erlebnis sondergleichen, denn noch nie zuvor hatte ich so schöne Berge gesehen. Auch bin ich noch nie durch einen Tunnel gefahren. Es war einfach toll, ich konnte mich nicht vom Fenster losreißen.

In Mehlingen wurden für uns eiserne Betten angefertigt mit billigen Matratzen, die der Sattler hergestellt hatte. Eine richtige Wohnung hatten wir nicht. Aber immerhin zwei Zimmer in einem und ein Zimmer in einem anderen Haus. Erna hatte mit ihrem Kind ein Zimmer in einer ganz anderen Straße. In dem Haus mit den zwei Zimmern waren ein Schlafzimmer, in dem unser Vater schlief und eine Küche. Ilse und ich schliefen bei der Familie Teffner in einem anderen Haus. Das hieß, zum Essen mussten wir von einem Haus zum anderen wandern, was den Vorteil hatte, dass unser Vater nicht wusste, um welche Zeit wir abends nach Hause kamen. In Mehlingen musste ich noch ein Jahr zur Schule gehen, wodurch ich auch schnell einige Freunde kennenlernte, die – wie ich heute weiß - nicht immer der richtige Umgang für mich waren. Ich war halt ein Fremder, und Fremde haben es in der Pfalz nicht immer leicht. Durch die Kriegsjahre und unsere Flucht aus der Heimat wurde ich schon gestählt und konnte mich gut behaupten.

Es geschah zu jener Zeit, als von den Schülern für ein Kirchenfest Girlanden gebunden wurden. Dies taten wir im Kirchenkeller, und die Jungen hatten nichts anderes zu tun, als die Mädchen zu ärgern. Ständig wurde das Licht ausgemacht und man versuchte, den Mädchen an die Wäsche zu gehen. Das entsprach nicht meinem Charakter. So behandelt man eben keine Mädchen. Also schlug ich mich auf deren Seite und dafür wollten mich die Jungen am nächsten Tag in der Schule verprügeln. In der großen Pause stand ich auf dem kleinen Schulhof mit dem Rücken am Zaun. Fünf Jungen standen im Halbkreis um mich herum und beschimpften mich. Jeder wartete auf das Kommando des Anführers, um sich über mich herzumachen. Ein Schauer lief durch meinen Körper, die Angst saß mir im Nacken, und ich brauchte einen schnellstmöglichen Ausweg aus dieser misslichen Lage. Schnell begriff ich, wer das Sagen hatte und auf den konzentrierte ich mich. Meine Augen ließen diesen Schulkameraden nicht mehr los, ich bewegte mich etwas auf ihn zu und sagte, dass er der erste sei, dem ich das Genick umdrehen würde. Mit so viel Mut hatte man nicht gerechnet. Ich glaube, die anderen bekamen plötzlich Respekt vor mir. Jedenfalls ließen sie von ihrer Absicht, mich zu verprügeln, ab und entfernten sich. Ich brauche wohl nicht zu sagen, wie groß der Stein war, der mir vom Herzen fiel. Seit diesem Tag gab es keine Probleme mehr, im Gegenteil, ich bekam plötzlich mehr Freunde.

Einer der Bauern in Mehlingen hatte nicht nur einen landwirtschaftlichen Betrieb, sondern auch ein Gasthaus mit anliegender Bäckerei. Das war ein gefundenes Fressen für mich. Da ich immer Hunger hatte, bot ich meine

Arbeitskraft an und half in der Kneipe, manchmal bis fünf Uhr morgens, und in der Bäckerei aus. Ich bekam immer gut zu essen und das war für mich sehr wichtig.

Eines Tages wurde ein Fest vom hiesigen Radfahrverein gefeiert. Ich war zu dem Zeitpunkt fünfzehn Jahre alt und hatte noch keine Berührung mit Alkohol gehabt. Nun, irgendwie kam ich an ein Glas Bier, genau gesagt ein Glas mit einem Liter Bier. Ich habe dieses Glas natürlich auch geleert, und das war auch das Letzte, was ich an diesem Abend mitbekommen habe. Ich wachte beim Bauer in der Scheune genau neben dem Kuhstall auf, habe mich übergeben und meinen schönen blauen Pullover vollgesaut. Da es sehr kühl war, bin ich dann in den Kuhstall nebenan gegangen, wo es schön warm war. Das Hauptproblem ergab sich am Morgen, als ich ja zur Schule musste und das auf schwankenden Beinen. Da alle Plätze in der Klasse belegt waren, musste ich mich am Tisch des Lehrers quer vor der ersten Bank auf einem Rohrstuhl setzen. Herr Taubenräuter, so hieß der Lehrer, stand während des Unterrichts vor einem Harmonium und blickte streng über seine Brille. An diesem Morgen schaute er besonders streng, ich konnte mich auf dem Stuhl nicht halten und fiel seitlich auf den Boden. Mühsam kroch ich wieder auf meinen Platz, um nach einiger Zeit wieder runterzufallen. Ich war allerdings nicht der Einzige der vom Stuhl fiel. Der Sohn des Lehrers war auch betrunken und saß in der letzten Bank und fiel ständig zu Boden. Die Blicke von Herrn Taubenräuter waren beinahe tödlich, gesagt hat er nichts, aber unterbrach immer wieder seinen Unterricht, um uns strenge Blicke zuzuwerfen. Später, als ich schon aus der Schule raus war und meinen Vater in Mehlingen besuchte, traf ich den Herrn Lehrer wieder und wir kamen auf dieses Thema in der Klasse zu sprechen. Er sagte mir, er hätte sich vor Lachen kaum halten können, es sei ein Bild für die Götter gewesen. Er werde nie diese Anstrengung von mir und seinem Sohn vergessen, wie wir immer wieder krampfhaft versuchten, uns auf unseren Plätzen zu halten. Aber als Lehrer musste er natürlich einen strengen Blick an den Tag legen und das sei ihm ziemlich schwergefallen.

Weitaus schlimmer war, dass mein Vater davon erfahren hatte und mir eine Standpauke hielt, die so groß war, dass ich so klein wie ein Fingerhut wurde. Ich konnte froh sein, dass er mich nicht auf frischer Tat ertappt hatte. Eines muss ich ihm lassen: nachtragend war unser Vater nie. Er schimpfte zwar sehr heftig, aber seine Hand wurde nicht eingesetzt.

Abends saßen wir immer im Gasthaus zusammen und heckten irgendwelche Dinge aus. So kamen wir auf die Idee, eine Radtour zu machen. Das Ziel sollte das Niederwalddenkmal bei Rüdesheim am Rhein sein. Für mich war das etwas ganz Neues. Ein Rad hatte ich nicht, also besorgten die Jungen für mich ein Damenfahrrad. Wir waren zu viert. Zu dem Zeitpunkt war ich 15 Jahre alt und benötigte noch die Genehmigung meines Vaters, die er mir auch widerstandslos gegeben hat. Mit Zelt und Feldflasche machten wir uns auf den Weg. Die erste Etappe war Bad Münster am Stein; das liegt bei Bad Kreuznach. Hier fließt auch die Nahe, ein Nebenfluss des Rheins. Auf der anderen Seite des Flusses thront der Rheingrafenstein, ein steiler Felsen. Ein schmaler Pfad führte auf den Berg. Es war schon ziemlich spät, wir stiegen den Berg hinauf, um oben zu zelten und die Nacht zu verbringen. Wir entfachten ein Lagerfeuer, übrigens das erste in meinem Leben. Es war so spannend, dass ich die ganze Nacht am Feuer saß. Mit einem kleinen Beil sorgte ich für Feuerholz, kleine Äste und Zweige mussten herhalten. Es war schon ziemlich dunkel, in der Ferne sah man noch andere Lagerfeuer. Mitten in der Nacht wollte ich eines der kleinen Bäumchen, die links von uns standen, fällen. Das Bäumchen fiel und war plötzlich verschwunden. Was war geschehen? Auf jeden Fall habe ich nicht danach gesucht, denn mir war etwas mulmig zumute. Also ging ich lieber wieder zum Lagerfeuer. Mit den anderen Jungen konnte ich nicht darüber reden, denn sie schliefen schon. Am nächsten Morgen, nachdem es wieder hell war, wollte ich nach meinem Bäumchen sehen. Welche Überraschung! Es war die Felswand runtergestürzt. Gleich hinter den Bäumen und Büschen ging es steil nach unten direkt in die Nahe. Ein Zaun gab es nicht. Da wurde mir klar, dass ich gut daran getan hatte, der Nacht nicht weiter gegangen zu sein, denn hätte ich auch in der Nahe gelegen. Nachdem ich den Schreck überwunden hatte, machten wir uns weiter auf den Weg in Richtung Bingen. Das Wetter war schön, die Fahrt am Rhein ein Erlebnis. Es fuhren nicht viele Autos. Dafür aber waren andere Gruppen mit dem Fahrrad unterwegs. Man grüßte sich freundlich und wünschte gute Fahrt. Das traf allerdings nicht für mich zu, denn an meinem Fahrrad sprang dauernd die Kette ab.

Aus den Weinbergen flossen kleine Wasserfälle, damit füllten wir unsere Feldflaschen und hatte immer frisches Wasser zum Trinken. Das nächste Ziel war die Loreley. Damals in den fünfziger Jahren gab es da noch kein Hotel, wir waren allein dort oben. Wir schliefen zu viert in einem Zweimann-Zelt. Der

Dolch an meiner Seite, den ich sicherheitshalber bei mir trug, drückte die ganze Nacht fürchterlich, abnehmen wollte ich ihn nicht. Wer wusste schon, was in der Nacht alles hätte passieren können. Zum Essen hatten wir Grieß dabei, abends wurde er in einem Topf überm offenen Feuer gekocht. Egal wie viel Wasser wir dem Grieß zugaben, wurde er immer dicker. Da er sehr süß war, haben wir ihn natürlich auch in dieser Konsistenz gegessen.

Am Niederwalddenkmal haben wir dann die Rheinseite gewechselt und sind auf der anderen Seite weiter in Richtung Heimat gefahren, für mich war es ein einmaliges Erlebnis.

Die Schulzeit ging für mich zu Ende und es hieß Geld zu verdienen. In Mehlingen wurden Gasleitungen verlegt, hier arbeitete mein Vater, und ich ließ mich ebenfalls bei derselben Tiefbaufirma einstellen. Mein Lohn betrug 71 Pfennige pro Stunde, was ich natürlich zu Hause abliefern musste. Mein Taschengeld betrug fünf Mark in der Woche. In der Zwischenzeit fuhr ich mit meinem Vater nach Kaiserslautern zur Berufsberatung. Dort hofften wir eine Lehrstelle für mich zu bekommen. Der Vorschlag kam, in den Bergbau zu gehen. Alles, was dort geboten wurde, klang sehr verlockend. Vor allem war der Verdienst schon im ersten Lehrjahr verhältnismäßig hoch. Parallel bemühte sich mein Bruder Werner um eine Lehrstelle für mich, was ihm auch gelang. Er hatte eine Lehrstelle als Bäckerlehrling in Neustadt an der Weinstraße gefunden. Der Meister kam zu uns nach Hause, um mich kennenzulernen. Er sah sich meine Hände an und kam zur Überzeugung, dass ich für die Bäckerlehre gut geeignet sei und wollte mich gleich mitnehmen. Ich war natürlich begeistert, zumal der Bäckermeister mit einem Auto vorgefahren war. Doch mein Vater sah das alles anders, er lehnte es ab mit der Begründung, dass ich schon für die Bergmannslehre angemeldet sei. Man kann sich vorstellen, wie sauer ich war, ich habe natürlich vor allem ans Essen gedacht, jeden Tag frisches Brot und jede Menge Kuchen. Ich beschwerte mich am nächsten Tag etwas unkorrekt bei meinem Vater, indem ich eine Bemerkung von mir gab, bei der mein Vater tobte. Ich sagte, dass, wenn das mit der Bergmannslehre auch nichts werden sollte, aber was los sei. Das war zu viel. Mein Vater wollte mir für meine Ungezogenheit eine Ohrfeige geben. Ich duckte mich und lief um den Tisch herum davon. Fluchend vor Wut griff mein Vater zu einem Stuhl und warf ihn nach mir. Er traf mich nicht; stattdessen spurtete ich zur Tür, und weg war ich. Was nun? Zuhause konnte ich mich nicht so schnell sehen lassen, denn ich wollte mir nicht vorstellen, wie mein Vater reagiert hätte. Also verbrachte ich die nächste Nacht unter der Plane eines Leiterwagens beim Bauern. Ich blieb von zuhause weg, bis sich die Wogen geglättet hatten. Wie die Stimmung war, erfuhr ich von meiner Schwester Ilse.

Nun, auch diese unschöne Phase ging vorbei. Es kam der Tag, an dem die Nachricht vom Bergbau eintrudelte: Ich habe mich am 1. Juli 1951 in Essen einzufinden. Hier wurde ich mit mehreren Lehrlingsanwärtern begrüßt und dann auf die einzelnen Schachtanlagen verteilt. Ich hatte Glück und wurde nach Moers am Niederrhein geschickt. Hier landete ich als siebter Junge im neugeschaffenen Lehrlingsheim „Gerhard-Terstegen-Haus" direkt am Schlosspark.

Es gab sehr viele Berglehrlingsheime im Ruhrgebiet, aber dieses war ein Besonderes. Warum? Erstens war es neu gebaut worden und modern eingerichtet. Das Gebäude gehörte der evangelischen Kirche, sie wollten von der Grubengesellschaft Rheinpreußen Geld bzw. einen Zuschuss erhalten. Die Gesellschaft war dazu bereit, stellte aber eine Bedingung: Die Kirche solle einige Berglehrlinge aufnehmen und betreuen, dafür bekämen sie auch noch Geld für die Lehrlinge. So wurde die eine Hälfte als evangelisches Gemeindezentrum eingerichtet, die andere Hälfte wurde zum Lehrlingsheim mit einem Heimleiter, der von der Kirche gestellt wurde, und einigen Praktikanten, die mal Pfarrer oder Sozialarbeiter werden wollten.

Wenn wir das Heim betraten, mussten wir erst in den Keller, wo jeder einen eigenen Schuhschrank hatte. Als erstes wurden die Schuhe aus- und Puschen, also Hausschuhe, angezogen. Nur so durften wir im Haus rumlaufen. Alle

Böden waren mit Parkett belegt, in den Zimmern standen doppelte Klappbetten, in jedem Zimmer wohnten vier Jungen. Die Küche war im Keller untergebracht, das Essen wurde per Aufzug nach oben gefahren. Die beiden Speiseräume befanden sich im ersten Stock. Im Parterre waren das Büro, Aufenthaltsräume, ein großer Saal, in dem oft Kongresse der Bergwerksgesellschaft abgehalten wurden, und der Ausgang zum Garten. Hier haben wir an den Samstagen unsere Fahrräder geputzt.

Das Essen war hervorragend, schließlich war die Arbeit auf der Zeche sehr schwer und anstrengend. Morgens, mittags und abends wurde grundsätzlich vor und nach dem Essen gebetet, daran haben wir uns sehr schnell gewöhnt. Wir wurden sogar Mitglied im CJVM, hatten wunderschöne Abende am Lagerfeuer und machten Radtouren in die Eifel und in die Schweiz.

An den Wochenenden haben wir oft gegen andere Lehrlingsheime Fußball, Handball oder Tischtennis gespielt, es waren echte Wettkämpfe, die ehrgeizig ausgetragen wurden. Am besten hat mir gefallen, wenn wir morgens vor dem Weg zur Zeche mit einem unserer Praktikanten im nahegelegenen Stadtpark gelaufen sind. Das hat uns so richtig fit gemacht. Einmal war es so dunkel, dass wir kaum den Weg sehen konnten, und so kam es, dass wir plötzlich in den Büschen landeten. Dabei hatten wir noch Glück, denn direkt neben dem Weg war in fast gleicher Höhe der Stadtgraben. Wir hätten also genauso gut dort hineinlaufen können. Das Leben im Lehrlingsheim war sehr schön. Die Zeche stellte Busse kostenlos zur Verfügung. So fuhr man mit uns nach Holland, nach Belgien und zu vielen Theateraufführungen. Unser Geld wurde von der Heimleitung verwaltet, wir bekamen wöchentlich ein Taschengeld, und wenn wir etwas Größeres, wie Mäntel oder einen Anzug kaufen wollten, dann zog der Heimleiter mit uns los in die Kaufhäuser, verhandelte mit den Verkäufern und holte für uns Rabatte heraus. Ich erinnere mich an den Tag, an dem wir Jungens uns Mäntel kaufen wollten. Wir machten uns mit 20 Jungens auf dem Weg, natürlich mit dem Heimleiter, und kauften uns alle den gleichen Trenchcoat. Interessant war, dass wir auch später, als wir nicht mehr im Lehrlingsheim wohnten und unsere Lehre abgeschlossen hatten, immer noch in den Geschäften unserem Lehrlings-Rabatt bekamen.

Um uns Jungen etwas Gutes zu bieten, veranstaltete der Heimleiter eine kleine Feier und lud dazu einige Mädchen aus der Umgebung ein. Eine saß mir genau gegenüber, es war genau die, die mein kleines Herz höherschlagen ließ. Sie hieß Erika Schroers. Erika war sehr hübsch und lud mich später zu einem Spaziergang in den Stadtpark ein. Sie war 13 und ich 15 Jahre alt. Wir saßen im Stadtpark auf einer Bank direkt unter einer Trauerlinde. Sie rückte  immer näher an mich heran und ich wich nach links aus. Doch plötzlich kam das Ende der Bank, und weiter zurück konnte ich nicht. Sie ergriff die Gelegenheit und ich bekam meinen ersten Kuss von einem fremden Mädchen. Dabei habe ich vollkommen die Zeit vergessen. Um acht Uhr abends mussten wir wieder im Heim sein. Ich kam allerdings erst um neun. Ich erklärte der Heimleitung, ich habe mich nicht wohl gefühlt und dadurch die Zeit verpasst. So richtig falsch habe ich ja mit meiner Ausrede ja auch nicht gelegen, ich hätte nur das Wort „nicht" weglassen müssen, dann wäre alles richtig gewesen, oder?

Im Heim haben wir natürlich darüber gesprochen, schließlich war das etwas ganz Neues für uns junge Burschen. Wie sollte ich mich beim nächsten Treffen verhalten? Irgendwie hatte man Angst sich zu blamieren. Also entschieden wir einfach, das Küssen zu üben. Rudi mein Zimmerkollege war der gleichen Meinung, also übten wir, ich darf heute gar nicht darüber nachdenken, dass wir das tatsächlich gemacht haben.

Die Katholische Mädchen Schule in Moers plante einen eintägigen Ausflug mit dem Bus. Damit es für die Mädchen nicht langweilig wurde, durften sie sich einige Freunde einladen, auch Jungs. Es war u.a. ein 12-jähriger Junge mit einem Akkordeon dabei. Gegen Abend spielte er zum Tanz auf, das kam für mich wie gerufen. Damit würde ich punkten

Diese Mädels hatten mich eingeladen

können, denn Tanzen war eines meiner Stärken und diese habe ich natürlich auch genutzt. Auf dem späteren Heimweg begleitete ich den Akkordeonspieler nach Hause. Es war schon dunkel und wir hatten noch einen weiten Weg vor uns. Obwohl er den ganzen Tag im Bus und am Abend gespielt hatte, ließ er es sich nicht nehmen und spielte die ganze Zeit noch auf dem Heimweg. Ich war vollends begeistert! Und tatsächlich habe ich mit 75 Jahren angefangen endlich auch selbst Akkordeon zu spielen, natürlich nur für den Hausgebrauch und um mein Gehirn in Bewegung zu halten.

In Moers war wieder einmal Kirmes angesagt. Ich war gerade mit dem Fahrrad unterwegs. Ich hielt auf der Kirmes kurz an und traf überraschend Magret. Sie arbeitete bei uns im Lehrlingsheim in der Küche. Wir beschlossen gemeinsam die Kirmes zu erkunden. Ich wollte aber erst mein Fahrrad nach Hause bringen, das Heim war nicht weit vom Kirmesplatz entfernt. Also schwang ich mich auf meinen Drahtesel und raste mit hoher Geschwindigkeit in Richtung Lehrlingsheim. Der Weg führte mich über den Königlichen Hof, hier hielten die Omnibusse und Straßenbahnen in alle Richtungen an. In einer leichten Kurve kam ich mit dem Vorderreifen in die Straßenbahnschiene, flog in hohem Bogen über das Rad und landete unsanft auf der Straße. Viele Leute standen an der Haltestelle und beobachteten meinen Sturz - wie peinlich für mich. So schnell wie an diesem Tag war ich noch nie auf mein Fahrrad gestiegen. Schnell raste ich weiter, als wäre nichts geschehen. Erst zu Hause merkte ich dann, wo ich mich überall verletzt hatte. Später erfuhr ich dann genauer, wer mich an diesem Abend alles gesehen hatte. Daraufhin habe ich mich kaum mehr nach draußen getraut.

Die Grubengesellschaft Rheinpreußen hatte mehrere Schachtanlagen. Wir Jungen aus dem Gerhard-Tersteegen-Haus waren auf Schacht 4 eingeteilt. Bevor wir das Zechentor passierten, wurde uns am Schalter eine Blechnummer gereicht, die wir in der Waschkaue an unseren Kleiderbügel, der an einer Kette befestigt war und an die Decke gezogen wurde, anbringen mussten. Anschließend ging man durch den Duschraum auf die andere Seite, da war wieder eine Kette mit einem Kleiderbügel, an dem unsere Arbeitskleidung inkl. Sicherheitsschuhe und das Fahrbrett aufgehängt waren (Zu den Einzelheiten dazu komme ich später noch.). Nach der Arbeit ging's den umgekehrten Weg zurück, erst die Arbeitsklamotten an den Haken, dann unter die Dusche und auf der anderen Seite in die saubere Kleidung.

Zur Sicherheit trugen wir einen Lederhelm auf dem Kopf und hinten rum ein

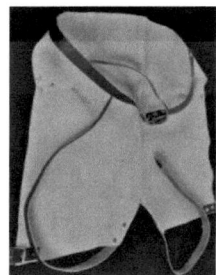

Arschleder

sogenanntes Arschleder. Ohne dieses Arschleder hätte man alle drei Tage eine neue Hose benötigt. Das Arschleder, auch Bergleder oder Fahrleder genannt, war ein aus Wildleder hergestellter Gesäßschutz mit einem Gürtel und zwei Riemen, um das Leder an den Oberschenkeln zu befestigen. Und bevor wir in die Grube einfuhren, erhielten wir noch eine 12 Pfund schwere Lampe, damit wir untertage etwas sehen konnten. Aber noch war es nicht soweit, denn unter 16 Jahren durfte man unter Tage nicht arbeiten. Also versuchten wir über Tage unser Glück, an einem Tag in der Schlosserei, am anderen in der Elektrowerkstatt, dann wieder auf dem Holzplatz. Jeden Tag wurden wir aufs Neue eingeteilt. Die schlimmste Arbeit war

am Kratzband, denn hier hatte man im Vergleich zu den anderen Arbeitsplätzen eine kurze Pause. Bei den anderen Stellen konnte man sich schon mal für eine ganze Stunde verkrümeln oder einfach auf einem Holzstapel legen und die Augen schließen.

Warum war das Kratzband so furchtbar? Man steht vor einem Förderband, hinter sich eine Lore (Kohlenwagen) und dahinter eine große Holzwand, an die rückwärts die ausgelesenen Steine und sonstige Gegenstände, die keine Kohle waren, geworfen wurden und in den Wagen fielen. Oft kamen auch menschliche Exkremente auf dem Band vorbei und man erkannte sie nicht immer schnell genug. Welch unangenehmer Griff ins Ungewisse.

Nun, ich wurde sechzehn und stand zum ersten Mal vor einem Förderkorb. Aufgeregt war ich und voller Erwartung, was mich da unten erwarten würde. Würde ich Angst haben? Gab es da unten vielleicht Geister? Ich wusste, dass es sehr dunkel sein würde und deshalb trug ich ja auch die schwere Lampe, die einen großen Akku hatte, denn sie musste ja lange leuchten und mir den richtigen Weg zeigen.

Bevor ich zum ersten Mal in die Grube einfuhr, empfing ich im Magazin ein Paar Sicherheitsschuhe mit Stahlkappen, ein paar Knieschoner und das bereits erwähnte Arschleder.

Auf dem Weg zum Förderkorb kam man an der Lampenausgabe vorbei, man nannte seine Nummer und erhielt dann eine zwölf Pfund schwere, frisch aufgeladene Lampe. Auf dem Kopf trug ich meinen Lederhelm. So stand ich nun in voller Montur vor meiner ersten Einfahrt. Ein Schild, das direkt über der Sicherungstür hing und auf dem „Vorsicht keine Feigheit, Leichtsinn kein Mut" stand, riet zur Achtsamkeit.

Grubenwagen, auch „Hund" genannt

Während der Fahrt zu unserem Revier, in meinem Fall zum Lehrrevier, sprangen während der Fahrt immer wieder einige Kumpels aus dem Wagen heraus, um zu ihrem Arbeitsplatz zu gelangen. In unserem Revier angekommen, erwartete uns ein älterer Meisterhauer, der uns zu den einzelnen Arbeiten einteilte. Einige kamen direkt ans Kohleflöz, andere ans Förderband, andere wiederum an die Ladestelle usw. An jedem Tag bekamen wir eine andere Aufgabe. Manche Arbeiten waren interessant, andere weniger schön, dafür aber gefährlicher. Ich kam in eine Gruppe mit Sonderauftrag. Wir mussten an einem alten Stollen eine neue Mauer bauen. Die meiste Zeit über saßen wir und schliefen, denn in diesem Bereich war kein Mensch zu sehen, und wenn mal ein Steiger auftauchte, dann sah man schon lange vorher seinen Scheinwerfer blitzen. Dann haben wir schnell wieder gearbeitet. Einige Strecken waren mit einem

Blindschacht verbunden, das war ein Förderschacht, der zwei unterschiedliche Höhen und Tiefen miteinander mit einem Förderkorb verband. Der Förderkorb wurde mit Pressluft getätigt, der Steuerstand war 80 Meter höher und ich hatte das Vergnügen, jeden Morgen da raufzusteigen, um die Maschine zu bedienen. Da oben war kein Mensch, man saß ganz allein auf einem Brett und wartete, bis von unten das Signal gegeben wurde, den Förderkorb zu bewegen. Es war richtig gruselig, man hörte jedes kleine Steinchen, das von der Decke fiel, jedes noch so leise Geräusch jagte mir einen Schauer den Rücken hinunter.

„Du fährst heute auf die 450 Meter-Sohle und bedienst den Kohlen-Paternosteraufzug", befahl mir der Meisterhauer. Sonst arbeiteten wir in 300 Meter Tiefe, also war dies mein tiefster Arbeitsplatz. Am Schacht angekommen, sah ich zum ersten Mal einen Kohle-Paternoster, eine Kette, an der Stahlplatten befestigt waren, auf denen die Kohle nach unten befördert wurde. Also begab ich mich zu meinem neuen Arbeitsplatz, einem einsamen Ort. Neben dem Förderband stand eine kleine Bank, dahinter ein langes Brett schräg an die Wand gelehnt. Daran konnte man sich in der Pause ein wenig zurücklegen und eventuell die Augen schließen, was allerdings streng verboten war. Meine Aufgabe bestand darin, das Förderband anzuhalten oder zu starten, je nachdem, ob der Paternoster lief oder stillstand. Es kam, wie es kommen musste, ich war plötzlich eingeschlafen und so merkte ich nicht, dass der Paternoster stillstand, das Förderband aber weiterlief. Immer mehr Kohle wurde am Förderkorb abgeladen und vom Korb war nichts mehr zu sehen. Als ich erwachte, fuhr mir der Schreck in die Glieder. Wie vom Blitz getroffen sprang ich auf und stoppte das Förderband. Als dann der Paternoster nach kurzer Zeit wieder lief, habe ich das Förderband nicht gleich gestartet, sondern habe die aufgetürmte Kohle von Hand in den Schacht geschaufelt und das in solch einem Tempo, wie ich in meinem ganzen Leben noch nicht und auch später nicht mehr gearbeitet habe. Ich hatte Angst, es könnte der Steiger oder der Obersteiger auftauchen, dann wäre für mich alles gelaufen gewesen. Zum Glück war dann schließlich alles gut gegangen und geschlafen habe ich während dieser Schicht auch nicht mehr.

Zwei Geschichten muss ich noch erzählen, die wir als junge Männer unüberlegt gemacht haben: Zwei Strecken führten zum Kohlenflöz. Durch die eine wurde das Wetter (Frische Luft; daher der Name *Wetterstrecke*) zum Flöz geschickt, durch die andere wurde die Kohle mittels Förderbänder zur Ladestelle befördert (daher der Name *Förderstrecke*). In der Förderstrecke befand sich eine Wettertür aus Holz mit einer kleinen Öffnung, durch die das Förderband lief und mit Gummilamellen etwas dichtgehalten wurde. Diese Tür diente dem Brandschutz und sollte bei einer eventuellen Explosion das Feuer aufhalten. Vor der Wettertür waren an der Decke Bretter befestigt, auf denen ein spezieller Steinstaub lagerte, der sich im Falle eines Brandes auf das Feuer legen und es ersticken sollte. Wenn man die Wettertür öffnete, kam einem ein starker Luftzug entgegen, und man musste viel Kraft aufbringen, um sie zu öffnen. Nun, eines Morgens auf dem Weg zum Flöz waren wir sehr schnell gegangen und hatten dadurch einen großen Abstand zu den anderen Kumpeln hinter uns. Wir hatten nichts Besseres zu tun als die Wettertür zu öffnen und den Steinstaub von den Bühnen zu zerstreuen. Der starke Luftzug trieb den Staub den folgenden Kumpeln entgegen, die später wie Mehlmänner aussahen. Die Verursacher dieses Unfuges eilten schnell durch das Kohlenflöz und wieder durch die Wetterstrecke, sodass wir hinter den anderen Kumpeln durch die Förderstrecke kamen, um nicht aufzufallen, dass wir die Übeltäter waren.

Zu dieser Tat fällt mir das Gedicht vom Berggeist ein, der Verfasser ist unbekannt.

Der Berggeist

Die lange Schicht ist nun zu End´,
der Fritze nach dem Schachte rennt,
doch als er kurz vorm Querschlag war,
ward er die Staubstation gewahr,
die, neu errichtet an den Kappen,
zum Schutz der braven Bergmannsknappen.
Er sieht der Kasten lange Reih´
mit Staub gefüllt; und nun, eins zwei,
hat seinen Plan geheckt der Fritz:
„Der Erich bremst am andern Stapel,
ich höre dort schon sein Getrappel,
wenn der jetzt kommt, dann schrummdibumm,
dann kippt der volle Kasten um,
und wenn es staubt und poltert schwer,
glaubt an den Berggeist sicher er!"

So sinnt der Fritz ein falsch Exempel,
schon sitzt er hinter einem Stempel,
die Lampe unterm Rock versteckt,
die Hand zum Kasten hingestreckt
und sitzt nur eine kurze Weile:
„Da kommt er schon in großer Eile!"
Und, ohne näher hinzusehen,
ist Fritzens böser Streich geschehen,
der Kasten kippt, der Staub wallt auf,
der Fritze hört ein groß Geschnauf.

Er brummt in geisterhaftem Ton:

„Oho, der Berggeist ist´s, mein Sohn!"

Doch während noch der Staub so wallet,
ein kräftig „Dunnerkeil" erschallet,
ein Bergmann ist´s und nicht der Erich:
„Nun, Fritzchen, lauf, nun wird´s gefährlich!"
Schnell will er nun im Staub verschwinden,
doch eine Faust fasst ihn von hinten,
und dumpf ertönt´s der Fritz erblasst,
„Jetzt hat der Berggeist dich erfasst!
Der Berggeist, der dem Bergmann nützet,
als guter Geist ihn treu beschützet;
doch wenn ein Lümmel so wie Du,
die Staubstation nicht lässt in Ruh,
und seine Brüder schädigt dreist,
dann ist er der gestrenge Geist!"
Und ob der Fritz auch mächtig schrie,
schon zog der Geist ihn übers Knie,
und hat ihn kräftig durchgebläut,

und unser Fritz, der denkt noch heut´:

„Den Berggeist, den lass stets in Ruh,
Sonst fügt er Dir noch Schaden zu."

So etwas Ähnliches machten wir dann eines Tages in der Hauptstrecke. Die Schicht war zu Ende, der Strom war ausgefallen und es fuhr kein Zug. Also machten wir uns zu Fuß auf den Weg zum Hauptschacht. Wir waren sechs Lehrlinge, die im Gleichschritt marschierten, dadurch waren wir sehr schnell und wir wollten zuerst am Förderkorb sein, um dann auch als erste auszufahren. Vor dem Hauptschacht machte die Strecke einen Bogen, wir sahen uns um und erblickten die Grubenlampen der anderen Bergleute sehr weit hinter uns. Zwischen den Schienen lag der Kohlestaub zentimeterhoch. Wir bückten uns und wühlten mit den Händen den Staub auf. Als wir uns umsahen, war keine Lampe mehr zu sehen. Schnell eilten wir zum Förderkorb, um eiligst auszufahren. Wir verteilten uns auf den drei Etagen und bevor die anderen den Schacht erreichten, waren wir schon draußen. Ich glaube, wenn man uns erwischt hätte, wären wir im Krankenhaus erwacht. Man kann sich ja vorstellen, es gab einige alte Bergmänner, die nur Spekulierarbeiten da unten machten und meistens sauber aus der Grube kamen. Dass die stinksauer waren, kann man sich gut vorstellen.

Wir waren halt jung und schusselig. Was konnte man da schon anderes erwarten? Die Lehrzeit ging vorbei und wir kamen ins Revier zur Akkordarbeit, ich wurde für die Nachtschicht eingeteilt. Das kam so: Während der praktischen Prüfung standen einige Steiger hinter uns und sahen sich unsere Arbeiten an. Anschließend sagten sie: „Den will ich haben und den auch…" usw. So versuchte sich jeder Steiger die besten Leute für ihr Revier auszusuchen.

Aber vorher habe ich mich freiwillig für eine Filmaufzeichnung unter Tage gemeldet. Wenn ich gewusst hätte, was da auf mich zukam, wäre ich nicht freiwillig gegangen. Zunächst mussten wir die komplette Filmausrüstung, Kameras, Stative, Scheinwerfer und große Batterien für die Stromversorgung vor Ort schleppen. Der Weg war sehr lang und der Boden uneben, sodass wir ständig ausrutschten und fast unters Förderband rutschten. Am Ort des Geschehens angekommen wurden die Scheinwerfer platziert und wir Träger durften sie ausrichten. Nur hatte keiner bedacht, dass die Dinger sehr heiß wurden und die Decke instabil war. Immer wieder kamen einige Brocken herunter und wir sprangen zur Seite. Also ließen wir die Beleuchtung manchmal los und brachten uns in Sicherheit. Das gefiel den Filmleuten natürlich nicht, also wurde geschimpft und gemeckert. Die Hoffnung, dass wir auch mal auf den Film kamen, verflog ziemlich schnell. Sie filmten zwei Bergmänner beim

Kohlemachen, die meiste Zeit aber wurde der Obersteiger interviewt und gefilmt, während er seine Storys erzählte. Ich war froh, als alles vorbei war. Mir war ab diesem Erlebnis klar, dass ich mich so schnell nicht wieder freiwillig für etwas melden würde.

Immer mehr neue Lehrlinge kamen in das Gerhard-Terstegen-Haus, bis schließlich alle Zimmer belegt waren. Am Ende waren wir 50 junge Burschen, die den Beruf des Bergmanns, mehr oder weniger freiwillig, gewählt hatten. Wir wurden gut behandelt, die Heimleitung wusste, wie schwer wir arbeiten mussten. Das Essen war reichlich und gut, man versuchte uns das Leben so angenehm wie möglich zu gestalten. Wir fühlten uns gut behütet und lernten nebenbei sogar Tischmanieren. Eines Tages kamen wir auf die Idee ein Wettessen zu veranstalten. Wer der Initiator war, weiß ich nicht mehr. Am Ende des Wettstreites waren wir nur noch zu zweit. Dass ich dabei war, erklärt sich eigentlich ganz von selbst, denn ich war der Ausgehungertste von allen. Ich sehe noch, wie erstaunt der Heimleiter Weigel dreinschaute. Am Schluss stand es unentschieden, wir beiden Übriggebliebenen hatten sage und schreibe je 24 Scheiben Schwarzbrot (Kommissbrot) gegessen.

Dies war auch die Zeit, in der ich mit dem Judosport bzw. Jiu-jit-su in Berührung kam. Ein Mädchen hatte mich mit ihrem Onkel bekannt gemacht. Rein zufällig kamen wir auf das Gespräch der Selbstverteidigung. Er erzählte mir, dass er so etwas früher schon gemacht habe. Da mich das sehr interessierte, machte er mir den Vorschlag, eine Trainingsgruppe zu gründen, wenn ich einige Jungens zusammentrommeln könnte. Gesagt, getan, und schon hatte ich 20 Leute beisammen. Trainiert wurde beim Kraftsport Verein Frischauf Moers und zwar in der in Turnhalle auf unserem Zechengelände Schacht IV.

Nun, das erste Training bestand darin, dass wir die Plane der Ringermatte in der Waschkaue schrubben durften, am zweiten Trainingsabend waren dann die Bretter der Gewichtheber an der Reihe. Die Enttäuschung war deswegen zunächst ziemlich groß. Am dritten Abend aber bekamen wir die ersten Griffe gezeigt. Eine Matte oder einen Judoanzug hatten wir natürlich nicht, wir wussten auch nicht, dass es so etwas überhaupt gab. Wir lernten Techniken, die man heute nicht mehr zeigen würde; sie wären ziemlich überholt.

Aber schließlich bekamen wir bald unseren gelben Gürtel. Damit begann ein neues Zeitalter. Nun waren wir Nahkämpfer. Wir gingen nur noch quer durch die Tür und wehe, einer hätte uns schief angesehen. Zu unserem Glück hatte dies niemand getan, denn wir wussten ja nicht, dass dies erst der Anfang war und es noch viele andere Gürtel geben würde. Also trainierten wir fleißig und der Erfolg blieb nicht aus.

Die ersten beiden Gürtel bekamen wir von Walter Schomberg, der von Hamborn Westende zu uns gereist kam, um uns die Techniken für die Gürtelfarben beizubringen. W. Schomberg hatte damals den 2. Dan (zwei schwarze Gürtel) und war Deutscher Meister. Für uns Jungen war er der Größte! Er brachte uns in kürzester Zeit die erforderlichen Techniken bei, Techniken, die die heutige Jugend nicht einmal innerhalb eines Jahres lernen kann.

An der Sporthochschule Köln erhielt ich dann nach einem Wochenlehrgang bei dem Japaner Dr. Makoto Suzuki 4. Dan, meinen grünen Gürtel. Kurz danach wurde ich bei der Landesmeisterschaft 1954 in Essen Dritter, wobei ich nur gegen den Europameister Mathias Schießleder verloren hatte. Nein, nicht ganz richtig - gegen den Deutschen Meister Schwiers habe ich auch verloren, aber nur durch Betrug. Ich hatte ihn im Bodenkampf abgewürgt. Kurz bevor er abklopfen musste, ließ der Kampfrichter den Kampf abbrechen, weil ich angeblich blau im Gesicht wurde. Schwiers hatte damals schon den schwarzen Gürtel und war Deutscher Meister, da konnte man nicht zulassen, dass ein unbekannter Grüngurt ihn besiegte. Hinzu kommt noch, dass ich auf der Kreismeisterschaft Schwiers durch einen Wurf besiegt hatte. Der Kampfrichter aber sagte, er habe es nicht gesehen und mir den Sieg so verweigert.

Ja, auch im Judosport wurde damals schon mit unsauberen Methoden gearbeitet. Beim Wiegen wurde schon mal ein Fuß unter die Waage gehalten, um den Judokämpfer des eigenen Vereins in eine niedrige Gewichtsklasse zu schmuggeln.

Die Arbeit unter Tage war sehr hart, egal, wie man sich fühlte oder wie man in Form war, im Gedinge (Akkord) zählte nur das Ergebnis am Ende der Schicht. Im Kameradschaftsgedinge hatte jeder Kumpel die gleiche Menge an Arbeit zu leisten. Da musste man sich ganz schön ranhalten. Gleichzeitig ließ mit der Zeit die Konzentration nach und man wurde leichtsinnig. Das hätte mir fast das Leben gekostet: Vor mir das Teilstück, das ich wieder mit Steinen zupacken musste, hinter mir der ausgesprengte Steinhaufen, der mir für den Versatz zur Verfügung stand. Ich setzte eine seitliche Mauer mit ziemlich großen Steinen, damit es schnell ging, und mit den kleineren Steinen schaufelte ich die zu füllende Kammer zu. Es war sehr mühselig, sich nach links zu bücken, die Schaufel zu füllen und nach rechts zu werfen. Dabei musste ich mich weit zurück- und weit vorbeugen. Plötzlich verspürte ich einen kräftigen Schlag und fand mich auf der anderen Seit am Kohlenflöz wieder. Leicht benebelt sah ich nur eine riesige Staubwolke und mehre Kumpels, die vor und hinter mir arbeiteten, bei mir, um zu sehen, ob ich verletzt war und dringend Hilfe benötigte. Außer einen riesigen Schreck war mir aber nichts passiert; die wenigen Prellungen und Hautabschürfungen habe ich erst bemerkt, als ich ausgefahren war.

Was war geschehen? Während ich mich nach rechts bewegte, um meine Schaufel zu leeren, fiel aus dem Hangende (Decke) ein riesiger Felsbrocken herunter, der mindestens zwei Tonnen gewogen haben mochte. Zwei Dinge waren entscheidend, dass ich mit dem Leben davongekommen war: Erstens kam der Felsen nicht gerade runter, sondern mit der einen von mir abgewandten Seite zuerst und dann mit der anderen mir zu gewanden Seite. Und zweitens hatte ich mich gerade nach rechts gebeugt. So kam es, dass der Felsen mich nicht voll erwischte, mich aber mit einem gewaltigen Druck über das Förderband zwischen den Stempeln gegen das Kohlenflöz geschleudert hatte. Wäre der Felsbrocken gerade heruntergekommen, hätte er mich voll getroffen und platt gemacht. Ein Schutzengel hatte mir dort offensichtlich zur Seite gestanden.

Noch bevor ich meine Lehre beendet und das 18. Lebensjahr erreicht hatte, musste ich das Lehrlingsheim verlassen. Die älteren Lehrlinge wurden privat untergebracht, Voraussetzung war, dass die Gasteltern Familienanschluss gewährleisten mussten. Dafür erhielten sie von der Zeche einen Unterhaltzuschuss und dreißig Zentner Nusskohle pro Jahr, die dann gerade mal 12 DM kosteten.

Meine erste private Unterkunft war bei der Familie Wirts in der Sedanstraße. Das Ehepaar Wirts war schon etwas älter, so etwas über 60 Jahre. Sie waren noch vom „alten Schlage", streng aber gerecht; sie erinnerten mich total an meinem Vater. Ordnung, Sauberkeit und Pünktlichkeit waren für sie sehr wichtig. Nun, damit hatte ich eigentlich keine Probleme, denn bei uns zu Hause war es nicht anders. Als ich zum ersten Mal zu ihnen kam, um mich vorzustellen, wurde ich ins Wohnzimmer geführt. Das war es dann aber auch schon, das Wohnzimmer, gute Stube genannt, wurde nur bei Festtagen betreten, ansonsten war es tabu. Das war das einzige Manko bei der Familie Wirts, sonst war es sehr schön. Abends gab es gutes Essen und ebenso angenehme Gespräche. Der alte Herr Wirts hatte immer interessante Geschichten aus seinem Leben zu erzählen; das war sehr spannend. Er war sehr kräftig und früher ein richtiger „Haudegen", wie man heute sagen würde. Aber etwas hat mich bei dieser Familie aber auch genervt: Ich ging ja regelmäßig ins Judotraining. Da konnte es vorkommen, dass es auch mal ein bisschen später wurde. Egal zu welcher Uhrzeit ich nach Hause kam, wartete Frau Wirts auf mich wie auf ein kleines Kind.

Außer mir wohnten noch zwei andere Jungen bei Familie Wirts. Einer war Berglehrling wie ich, der andere ein sehr rothaariger blasser Bursche, der in einem Teppich- und Gardinenhaus in die Lehre ging. Seinen Namen weiß ich nicht mehr, er kam aus Aachen und erzählte immer Storys, die man eigentlich nicht glauben konnte. Sie hätten zu Hause ein großes Gardinengeschäft mitten in der Stadt und ein Faltboot, mit dem er immer auf einem in der Nähe liegenden See paddeln würde. Ich sagte, er solle aufhören ständig solche Geschichten zu erzählen. „Komm doch mal übers Wochenende mit mir, dann kannst du alles sehen und auch meine Eltern kennen lernen!", entgegnete er. Nun, darauf war ich sehr gespannt. Und wer hätte es gedacht: Es war tatsächlich so. Seine Eltern hatten das erwähnte große Geschäft in einem großen Haus. Sie waren sehr sympathisch und passten gar nicht zu ihm. Sie haben sich auch über ihn beschwert, dass er so unordentlich und schlampig sei und ständig ungefragt die Schuhe und Oberhemden seines Vaters trage. Ihr Prokurist fuhr uns beide dann im Mercedes Benz zum See. Wir waren den ganzen Tag der Sonne ausgesetzt und so blieb es nicht aus, dass der blasse, rothaarige Ärmste sich einen fürchterlichen Sonnenbrand einfing, weshalb er eine schmerzvolle Nacht in seinem Bett verbringen musste. Sein Vater erzählte mir derweil, dass er selbst sehr krank sei und nicht mehr lange zu leben habe und er mache sich um seinen Sohn Sorgen. Später traf ich den Sohn zufällig in

Köln auf der Straße. Ich besuchte dort an der Sporthochschule einen Judolehr-
gang und er war geschäftlich in Köln. Er erzählte mir, dass sein Vater gestorben sei und er das Geschäft übernommen habe.

Nun aber zurück zu den Wirtsleuten: Mit der Zeit wurde es ihnen zu viel und
wir mussten ausziehen. Herr Münchberg, der für die privat untergebrachten
Lehrlinge zuständig war, brachte mich zu Familie Molz in der Königsberger
Straße nahe der Schachtanlage, auf der ich arbeitete.

Molzens hatten immer Lehrlinge bei sich aufgenom-
men und wollten eigentlich nun keine mehr; sie waren
platzmäßig sehr beengt. Sie wohnten in einer Berg-
mannssiedlung und eines der Zimmer wurde von einer
alten Frau bewohnt, die nicht ausziehen wollte.

Herr Münchberg drückte dennoch bei der Familie
Molz auf die Tränendrüse, da ich doch keine Mutter
mehr habe und eine echte Familie brauche. Das rief die
12-jährige Tochter Ute auf den Plan: „Der Jung bleibt

Ehepaar Molz mit Ute, 12

hier!", rief sie mit bestimmter Stimme, und Familie
Molz gab nach. Ihr Bruder Heinz und ich schliefen in einem Zimmer. Es war
ziemlich schmal, zwischen unseren Betten passte gerade mal ein Stuhl. Wir
verstanden uns sehr gut und oft kamen wir beide zur selben Zeit nach Hause.
Heinz kam von seiner Freundin und ich vom Judotraining, meistens war es so
gegen 23 Uhr. Auf dem Küchentisch standen immer zwei Teller mit belegten
Broten für uns bereit. Darauf haben wir uns immer sehr gefreut, zumal sie die
Molli – so nannten wir alle Heinzens Mutter – so schön dekoriert hatte, dass
es einfach schmecken musste. Während wir aßen, sprachen wir über unsere
Erlebnisse des Tages. Ich habe diese Zeit richtig genossen und sehe die Sze-
nerie vor mir, als hätte sie gestern erst stattgefunden.

Der alte Molz war ein wandelndes Lexikon. Obwohl er keine höhere Schule
besucht hatte, war sein Wissen enorm. Von Beruf war er Schlosser, das war
auch seine Berufung. Er arbeitete auf der Zeche über Tage und wenn mal auf
der Schachtanlage „Futtsack" war (Futtsack ist, wenn irgendetwas nicht mehr
funktioniert oder eine Störung aufgetreten war) und die hohen Herren nicht

weiterwussten, dann holten sie Hermann Molz. Der war nie um eine Lösung verlegen.

Wir haben wunderschöne Abende miteinander verbracht, vor allem dann, wenn Heinz auf der Gitarre spielte und wir gesungen haben - einfach herrlich! Doch ein Abend ist mir in schlechter Erinnerung geblieben:

Wir saßen alle im kleinen Wohnzimmer und feierten. Ich weiß nicht, wie, aber sie war plötzlich da, die Flasche Anislikör. Likör ist süß und Süßes mochte ich immer schon. Obwohl ich eigentlich keinen Alkohol trank, hatten Heinz und ich innerhalb kürzester Zeit die Flasche leer getrunken. Ich war richtig erstaunt und wunderte mich, dass ich nicht betrunken wurde. Um das zu beweisen,

An meinem 19. Geburtstag

drückte ich noch einen Handstand am Boden. Es war sehr gemütlich; Heinz spielte Gitarre, wir anderen sangen kräftig dazu, bis Heinz meinte, er müsse mal nach draußen, um seine Blase zu entleeren. Ich schloss mich ihm an und so begaben wir uns nach draußen auf die andere Straßenseite zu einem Zaun, hinter dem die Zechenbahn verkehrte. Das war allerdings ein Fehler. Kaum waren wir an der frischen Luft, da bekamen wir einen fürchterlichen Schock und nur mit Mühe und Schnelligkeit erreichten wir den Zaun. Statt unserer Blase leerten wir unseren Mageninhalt. Ich glaubte, das sei mein Ende und wollte nur noch sterben. Heinz erging es nicht anders. Irgendwann kam ich wieder zu mir; da lag ich bereits im Bett. Bis heute weiß ich nicht, wie ich dahin gekommen war. Heinz erging es nicht anders. Anstelle des üblichen Stuhls zwischen unseren Betten, stand ein großer Eimer. Da wir nur einen Eimer hatten, packten wir uns gegenseitig an den Haaren und füllten abwechselt den Eimer. Am nächsten Tag erzählte uns dann Herr Molz, wie köstlich sich die anderen über uns amüsiert hatten. Da war mir klar, dass Alkohol nicht mein Ding ist.

Einer meiner schönsten Zeiten waren die Tage, die ich mit Karlheinz Haag verbrachte. Er besaß eine BMW 500, an der alles nur Erdenkliche verchromt war. Karlheinz war ein Supersportler, Deutscher Jugendmeister im Ringen, Deutscher Meister im Gewichtheben, Deutscher Meister im Kunstkraftsport mit Roni van Dornig. Karlheinz balancierte eine lange Eisenstange, an deren Ende dann Roni ihre Übungen turnte.

Karlheinz (1. v.r.)

Oft holte er mich mit dem Motorrad von zu Hause ab und wir fuhren in den Bahler Busch, um dort zu joggen. Joggen war meine Leidenschaft und es verlieh mir gute Kondition. Karlheinz mochte mich, weil ich so sportlich war und weil er sich auf mich verlassen konnte. Wir waren gute Freunde geworden und „tauften" uns auf die Namen von Errol Flynn und Gary Cooper. Karlheinz war Errol und ich Gary, denn wir schwärmten damals für diese Schauspieler. Karlheinz war gelernter Sattler. Sein Vater hatte eine eigene Sattlerei und fuhr einen Ford M12.

Mit diesem Auto unternahmen wir mit noch zwei weiteren Freunden 1954 eine Urlaubstour nach Italien. Unsere erste Station war München. Einer der Jungs hatte dort einen Onkel wohnen, bei dem wir die erste Nacht verbrachten. Da wir nun schon einmal in München waren, sind wir natürlich abends gleich ausgegangen und landeten schließlich im Hofbräuhaus.

Man riet uns, nicht unten zu sitzen, da es dort sehr feucht und nicht geruchsneutral sei. Einige alkoholisierte Großtrinker ersparten sich den Weg zur Toilette. Also gingen wir in den ersten Stock und setzten uns auf eine lange Bank an einen Tisch. Ich saß am Ende der Bank. Rechts von mir gegenüber an der Wand stand ein Tisch für zwei Personen, an dem ein älteres Ehepaar saß und ihr Bier trank. Bevor ich weitererzähle, muss ich verständnishalber noch erwähnen, dass ich mir vor dem Urlaub eine neue grüne Hose gekauft habe. Außer dieser Hose hatte ich nur noch eine Trainingshose dabei. Nun, an den besagten Zweiertisch gesellte sich ein Mann, der zeigen wollte, was er vertragen könne. Er sagte zu dem älteren Ehepaar, dass er für 5 DM demonstrieren würde, dass er ein Maß (einen Liter) Bier ohne zu schlucken austrinken könne. Die Wette galt. Der angetrunkene Bierkonsument setzte das Glas zum großen Trunk an und ließ es laufen. Kaum war das Glas leer, schoss es wie aus einem plötzlichen Rohrbruch mit dem gesamten Mageninhalt wieder ans Tageslicht direkt auf den Tisch, wo zuvor das volle Glas gestanden hatte. Der Druck war so stark, dass der gesamte Ausfluss vom Tisch in hohem Bogen auf meiner neuen Hose landete. Nun, die Hose konnte ich danach wegwerfen und den Rest meines Urlaubs in der Trainingshose rumlaufen.

Aber wir ließen uns die Laune nicht verderben und so ging es am nächsten Tag dann über die Dolomiten weiter nach Italien. Es lief nicht alles so glatt, wie wir es uns erhofft hatten. Die Wasserpumpe am Auto machte uns zu schaffen und in den Bergen kamen wir dann auch nur langsam voran. Einen Teil der Strecke sind wir zu Fuß gelaufen und nur der Fahrer fuhr langsam die Berge rauf. Da einer der Jungens Kfz-Mechanik war, konnten wir in der nächsten Ortschaft den Wagen wieder reparieren. Die erste Station in Italien war dann der Gardasee und zwar das wunderbare Städtchen Torbole, auf dessen breiter Promenade abends die Mädchen zu sechst und zu acht nebeneinander spazieren gingen. Vor einem großen Hotel mit einer Freitreppe und einer steinernen Tanzfläche, die mit blühenden Bäumchen umsäumt war, schwenkten wir unser Tanzbein. Auf der großen Treppe stand eine Sängerin, die hervorragend ihre Lieder zum Besten gab. Eintritt hatte es keinen gekostet, auch gab es in der Vorsaison noch keine Touristen. Wir waren die einzigen Fremden. Weiter ging es nach Venedig, auch hier waren wir die einzigen Touristen und ein Flirt mit einigen Mädchen und dem Gondoliere brachte uns eine kostenlose Gondelfahrt durch den Canal Grande ein.

Eine Woche verweilten wir an der Adria und hatten jeden Tag schönstes Ferienwetter. Hier gab es noch keine Hotels am Strand, sondern mitten in den Pinienwäldchen standen gastfreundliche Häuser mit offenen Türen, davor saßen die Bewohner und genossen den Feierabend.

Die nächste Etappe führte uns nach Florenz, hier erlebte ich eine besondere Überraschung: Wir gingen in ein Restaurant, um etwas zu essen, und wie es manchmal so kommt, musste ich auf die Toilette. Vor mir lag ein langer, ziemlich dunkler Gang. Nun, das Gasthaus war nicht gerade das Erste am Platze. Vor mir entdeckte ich eine schwarze Tür, auf der ein Toilettenzeichen angebracht war. Da es keine zweite Tür gab, musste ich annehmen, dass die Toilette für Männlein und Weiblein gleichermaßen galt. Ich hatte keine andere Wahl, so trat ich ein. Ich traute meinen Augen nicht! Wo war die übliche Kloschüssel? Am Boden eine Keramikschale mit einem Loch in der Mitte und zwei Ausbuchtungen für die Füße. So etwas habe ich noch nie gesehen. Mein Bedürfnis war groß und so zögerte ich nicht lange, stellte mich mit beiden Füssen in die dafür vorgesehenen Ausbuchtungen und ließ meine Hose runter. Was nun, soll ich mir auf die runtergelassene Hose machen oder auf die Fersen? Ich musste wohl in die Knie gehen. Wo konnte ich mich festhalten? Es gab keine Griffe, mir schlotterten die Knie, ich musste mich entleeren, ob ich wollte oder nicht. In der rechten Ecke war ein dickes Abflussrohr, was von der Decke runterkam und in dem Fußboden wieder verschwand. Daran hielt ich mich mit einer Hand fest, mit der anderen Hand fasste ich meine Hose in der Hoffnung, dass nichts hineinplumpsen würde. Das nächste Drama folgte unmittelbar danach, es gab natürlich kein Toilettenpapier. Zum Glück hatte ich noch ein Päckchen Papiertaschentücher in meiner Hosentasche. Aber: Wo war die Spülung? Keine Ahnung, ich verließ so schnell wie möglich diesen furchtbaren Ort und konnte dieses Erlebnis nicht schnell genug meinen Freunden im Lokal erzählen, gefolgt von lautem Gelächter. Ich dachte noch so nebenbei, einen flotten Otto darf man in so einer Toilette nicht haben. Jedes Mal, wenn wir irgendwo einkehrten, sah ich erst nach den Toiletten, aber zum Glück gab es auch andere Örtchen mit normalen Schüsseln, wie wir es gewohnt waren.

Wir fuhren über Livorno, Pisa, La Spézia immer an der Riviera entlang und erreichten schließlich Genua. Nachdem wir in der ersten Woche nur Sonnenschein hatten, regnete es während der zweiten Woche ununterbrochen. Baden war bei dem Wetter nicht drin, also schlenderten wir gelangweilt durch die verregnete Stadt.

So machten wir uns schneller als ursprünglich geplant weiter auf den Weg. Er führte uns immer der Riviera entlang über Monte-Carlo, Nice, Cannes, Toulon, und schließlich landeten wir in Marseille. Diese Stadt ist mir noch als sehr schmutzig in Erinnerung, vor allem in der Hafengegend. Das Essen war nicht besonders gut, so hielten wir uns dort auch nicht lange auf und fuhren weiter in Richtung Lyon. Von hier aus ging es dann quer durch zum Genfer See, weiter über Lausanne zurück nach Deutschland in den Schwarzwald.

In Titisee angekommen, haben wir uns mit ein paar Mädels zum Tanzen verabredet. Der Tourismus war zu der Zeit noch nicht so groß, und für die Mädchen waren wir eine willkommene Abwechslung. Es waren hübsche Frauen und eigentlich hatten wir uns sehr darüber gefreut. Doch dann packte uns die Sorge. Eigentlich wollten wir am Titisee übernachten, mussten aber feststellen, dass wir überhaupt kein Geld mehr hatten. So entschlossen wir uns, uns möglichst schnell aus dem Staub zu machen und fuhren weiter bis zum Hirschsprung. Auf einer schmalen Wiese direkt am steilen Felsen schlugen wir unser Zelt auf und verbrachten mit schlechtem Gewissen die Nacht dort draußen.

Am nächsten Tag fuhren wir dann durch bis Duisburg, Da wir einen Tag früher als geplant zu Hause ankamen, legten wir uns in Duisburg-Wedau an einen schönen See und genossen die Sonne. Schöne zwei, sorglose Wochen lagen hinter uns, die ich bestimmt in allen Einzelheiten nie vergessen werde.

An einem Wochenende holte Karl-Heinz mich von zu Hause ab und wir machten mit dem M 12 seines Vaters eine kleine Spritztour nach Duisburg und Ruhrort. Auf dem Rückweg hielten wir in Homberg an, eine kleine Kirmes weckte unsere Aufmerksamkeit – und dort vor allem die Schiffschaukel. Neben den normalen Schaukeln gab es auch eine Überschlagschaukel, da konnte ich mich nicht mehr bremsen, denn das hatte ich noch nie gemacht. Im nächsten Moment stand ich schon in dem kleinen Schiffchen und wurde an den Füßen vom Fahrgeschäftsmann angeschnallt. Vorher habe ich Karl-Heinz meine Jacke zur Aufbewahrung nebst Haustürschlüssel, den ich immer in meiner Hosentasche aufbewahrte, übergeben. Durch einen kleinen Anstoß setzte sich meine Schaukel in Bewegung und mit Schwung schaffte ich es dann, dass sich die Schaukel mehrmals überschlug. Ein herrliches Gefühl. Auf dem Nachhauseweg habe ich nur noch voller Begeisterung von dieser Aktion gesprochen. Zu Hause angekommen verabschiedete ich mich von Karl-Heinz und wollte nach oben in mein Zimmer. Es war schon ziemlich spät; im Haus rührte sich nichts, denn alle schliefen schon.

Oh Schreck, mein Haustürschlüssel war weg. Karl-Heinz hatte wohl vergessen, ihn mir wieder zu geben. Was nun? Eine Klingel gab es in diesem alten Haus nicht, klopfen brachte nichts, denn alle schliefen im oberen Stockwerk. Hinterm Haus war noch ein kleiner Anbau. Hier war auch die Toilette untergebracht und ein kleiner Werkraum. Das Toilettenfenster war vergittert, 6 Eisenstäbe waren tief ins Mauerwerk eingemauert. Nun war guter Rat teuer, aber wie jeder richtige Junge hatte auch ich immer ein Taschenmesser bei mir! Schon hatte ich es in der Hand und machte mich ans Werk, die Eisenstäbe auszukratzen. Mit Mühe und Schweiß habe ich es dann letztendlich geschafft, das Gitter vom Fenster zu befreien. Ich weiß nicht, wie lange ich dafür gebraucht habe, schließlich zwängte ich mich durch das kleine Fenster und konnte mich erschöpft ins Bett fallen lassen. Auf die täglichen 30 Kniebeugen und Liegestützen habe ich in dieser Nacht verzichtet.

Am nächsten Morgen habe ich dann erstmal meine Kleidung, die ich in der Nacht achtlos über den Stuhl geworfen habe, geordnet, und siehe da, aus meiner Jackentasche fiel mein Haustürschlüssel. Karl-Heinz hatte ihn bei der Übergabe in die Tasche gesteckt. Auf diese naheliegende Idee bin natürlich nicht gekommen, denn ich trug den Schlüssel immer in meiner Hosentasche. Natürlich habe ich mich fürchterlich geärgert. Ich habe die Geschichte am nächsten Tag der Familie erzählt. Sie haben alle darüber gelacht und mich später immer wieder damit aufgezogen. Herr Molz hat dann das Gitter wieder eingemauert. Alles war schnell vergessen und ich war um eine Geschichte reicher. Leider verstarb Karl-Heinz im Alter von dreißig Jahren an Gehirnhautentzündung und ich verlor einen guten Freund.

Meine Leistungen im Judo wurden immer schlechter, bei der Vereinsmeisterschaft wurde ich nur Dritter. Die harte Arbeit in der Grube hatte ihre Spuren bei mir hinterlassen. So beschloss ich den Bergbau zu verlassen, 4 ½ Jahre waren genug. Ich kündigte und nahm eine Arbeit im Tiefbau, bei der Firma Hendriks an. Bagger in dem Sinne wie heute gab es nicht, die Gräben für die Postkabel wurden noch mit Pickel und Schaufel ausgehoben. Für mich war die Arbeit ein Kinderspiel, an der frischen Luft und bei Sonnenschein habe ich so richtig rangeklotzt. Das bemerkte auch mein Chef. Eines Tages, ich war gerade mal ein halbes Jahr bei der Firma, kam der Chef zu mir und fragte mich, wo ich mein Fahrrad habe. „Das kannst du stehen lassen, einer der Lastwagenfahrer bringt es dir." Ich musste in seinen neuen Borgward einsteigen und wir fuhren nach Homberg. Auf einem Deich vor einer Wiese, auf der ein kleines Häuschen stand und ein schmaler Damm hinführte, blieben wir stehen.

„So", sagte er zu mir, „hier wirst du nun jeden Tag herkommen. Du bekommst noch zwei Leute zur Hand und ich komme morgen vorbei, und du sagst mir, wie viel Kies und Sand Du benötigst, um den Damm so hoch und breit zu machen, dass ein Lastwagen zu dem kleinen Häuschen fahren kann. Das ist nämlich eine Pumpstation, von der die Schachtanlage Rheinpreußen ihr sauberes Wasser für das Forschungslabor herholt."

Mit anderen Worten, ich war jetzt Vorarbeiter und das Schönste daran war, dass ich am Ende der Woche die Lohntüten an meine Mitarbeiter verteilen sollte. Der eine war ein junger Kerl, vielleicht zwei, drei Jahre älter als ich, der andere war schon etwas älter und bereits seit fünfundzwanzig Jahren bei der Firma Hendriks. Nebenbei war er Leichenwäscher. Immer, wenn auf der Zeche ein Mitarbeiter tödlich verunglückte, hat er die Toten gewaschen. Der Bauführer kam einmal in der Woche, der Chef vielleicht alle drei, vier Wochen mal. Er war offensichtlich mit meiner Arbeit zufrieden und vertraute mir. Im Winter hatte ich immer Arbeit, der Chef saß mit einem der Bergwerksdirektoren auf einer Schulbank. Da konnte es sein, dass ich einfach den Hof auf einer Schachtanlage gefegt habe.

Das Wetter war schön, jeden Tag Sonne. Ich habe durchgesetzt, dass wir 12 Stunden am Tag arbeiten durften, natürlich war die Mittagspause dafür auch etwas länger, sehr lang sogar, und wir haben gut verdient.

Irgendwann war die Arbeit an der Pumpstation fertig und ich erhielt eine neue Aufgabe. Ich ging in den Untergrund, genauer gesagt, in die Kanalisation. Mit zwei Winschen und Spezialeimern zog ich dieselben von einem Kanaleingang zum anderen und löste so die Verstopfung auf. Den Dreck, den ich zu Tage förderte, kippte ich auf einen zuvor herbeigefahrenen Sandhaufen, der dann wiederum mit einem Laster weggefahren wurde. Was ich so alles außer Fäkalien aus dem Loch geholt habe, kann man sich nicht vorstellen. Ich erspare mir die Aufzählung, sonst wird es Euch beim Lesen noch schlecht.

Der Chef mochte mich und wollte mich fördern. Er wollte mich zur Schachtmeisterschule schicken. Ich entschied mich aber, meine Zelte in Moers abzubrechen und in die Pfalz zu meinem Bruder zu fahren. Er brauchte meine Hilfe, sein Haus sollte bis zum Winter fertig sein und so bat er mich zu kommen. Mein Chef, Herr Hendriks, war sichtlich traurig, zumal er auch keine Nachkommen hatte, die seine Firma später weiterführen konnten. Er wollte mir seinen VW, mit dem der Bauführer immer fuhr, geben und ich sollte drei Wochen in Urlaub fahren und dann wiederkommen. Irgendwie tat es mir leid. Ich war mir sicher, es war ein Fehler zu gehen.

So landete ich dann in Igelbach, Rheinland-Pfalz, bei meinem Bruder Werner. Schon nach einigen Tagen fuhr mich mein Bruder nach Kaiserslautern zum Polizeisportverein ins Judotraining. Den Trainer Otto Hörmann kannte ich von der Sporthochschule Köln, wir hatten dort gemeinsam an einem Lehrgang teilgenommen. Ich hatte ihm gesagt, dass ich nach Kaiserslautern käme und sein Training besuchen würde. Mein Bruder hatte mich ja noch nie im Judo gesehen, er konnte sich gar nicht vorstellen, wie gut ich darin war.

Nun, der Abend im Training verlief anders als erwartet. Der Trainer stellte mir gleich drei seiner besten Leute gegenüber für ein Randori (Übungskampf). Die Jungen kämpften für einen Übungskampf ziemlich hart, ich wollte mich vor meinem Bruder nicht blamieren, also hielt ich dagegen. Ich fand es ziemlich brutal, wie die mit mir umgingen. Ich sollte wohl gleich von Anfang an ihre Stärke kennen lernen. Was sie nicht wussten, war, dass ich durch meine Bergmannsarbeit und das Gewichtheben, das ich nebenbei betrieb, für meine Statue sehr stark war und dazu auch noch sehr schnell. Lange Rede, kurzer Sinn, einem meiner Gegner habe ich das Handgelenk gebrochen, einem zweiten die Schulter ausgerenkt. Das war für die Leute ein ziemlicher Schock, auf der anderen Seite die Konsequenz ihrer Brutalität. Wer Wind sät, der wird Sturm ernten, das stammt zwar nicht von mir, stimmt aber. Nun war man auf mich nicht gut zu sprechen, vor allem die Mädels, die zugeschaut haben. Später erzählten sie mir dann, dass sie ziemliche Wut auf mich hatten. Aber schon nach einigen Tagen wurde ich als Trainer eingesetzt, obwohl ich erst den grünen Gürtel hatte. Schon nach einem Jahr wurde ich mit meiner Mannschaft Landesmeister und ich Landesmeister im Weltergewicht und in der offenen Klasse. Laut Zeitungsbericht wurde ich zum besten Judoka der Pfalz erklärt. Es war eigentlich eine schöne Zeit in Kaiserslautern, ich trainierte täglich, nebenbei trainierte ich in einem Dorf Busfahrer von der Post in Selbstverteidigung.

Tägliches Training und nur einmal in der Woche warmes Essen. Dazu kam, dass ich nur vier Stunden Schlaf in der Nacht hatte, so konnte der große Knall nicht ausbleiben. Ich ging wie gewöhnlich ins Training, alles war wie sonst auch, bis ich plötzlich aufwachte und auf einer Turnerbank lag und alle um mich herumstanden. Ich war offensichtlich vor Erschöpfung auf der Matte bewusstlos zusammengebrochen. Von diesem Tage an habe ich meine Einsätze reduziert und nicht mehr täglich trainiert.

Ich arbeitete mit meinem Bruder Werner bei der Baufirma Backhaus in Ludwigshafen. Wir bauten eine neue Schlachtviehhalle und der Polier war ein großer kräftiger Mann, so ein richtiger alter Nazi. Ich glaube, er war bei der SS. Es sprach sich bald rum, dass ich Judokämpfer war und so kam es, dass der Polier von mir so einige Griffe lernen wollte. Werner und ich bekamen dafür immer nur Spekulierarbeiten. Vor allem wenn es kalt war, hatten wir immer Arbeit im Inneren des Gebäudes. Mein Polier wollte halt ziemlich alles wissen,

und die Maurer auf der Mauer sahen immer zu und freuten sich, wenn der Polier abklopfen musste, weil der eine oder andere Griff halt schmerzhaft war. Eines Tages waren wir in der Baubude und ich musste unbedingt meinen Lieblingswurf, den Tomoenage zeigen. „Auf Ihre Verantwortung", sagte ich noch.

„Egal, den will ich sehen.", sagte er und schon flog er im hohen Bogen durch die Baubudentür nach draußen und landete auf einen Sandhaufen.

Das ist mein Tomoenage-Wurf

Das Gejohle und Geschrei, das die Maurer von sich gaben, hättet Ihr mal hören sollen. Ständig riefen sie: „Olé". Es war einfach ein Gaudi und der Polier hat sich gefreut.

Von Igelbach nach Kaiserslautern waren es durch den Wald 33 Kilometer. Ich fuhr diese Strecke regelmäßig ins Training. Otto Hörmann, unser Abteilungsleiter - er war übrigens Polizeimeister -, besorgte mir eine Stelle bei den

Amerikanern und zwar beim Amt für Verteidigungslasten. Zuerst war ich in der Commissary im Warenhaus tätig, und als man erfuhr, dass ich einen Führerschein hatte, wurde ich ins Motorpool geschickt, wo ich die Prüfung für den amerikanischen Militärführerschein machte. Hierbei lernte ich zum ersten Mal das Multiple-Choice-Verfahren kennen. Aber die praktische Prüfung war die Tollste. Mein Supervisor gab mir den Rat, einen Karton Bier mitzunehmen, da der Prüfer gerne Bier tränke. Gesagt, getan, ich packte die Bierflaschen in eine blaue Tasche und ließ eine der Flaschen ein wenig rausschauen. Ich war noch gar nicht losgefahren, als der Prüfer schon sagte: „Good driver". Da es sich um ein Militärfahrzeug handelte, war außer unserem Supervisor noch ein zweiter Fahrer dabei, denn wir mussten während der Fahrt Fahrerwechsel praktizieren. Es könnte ja sein, dass der Fahrer im Kriegsfall durch eine Kugel verletzt oder getötet würde, so musste ein anderer während der Fahrt das Steuer übernehmen. Auf jeden Fall waren wir mehrere Stunden unterwegs. Wir fuhren bis Mannheim über die Autobahn und die Landstraßen, bis das Bier alle war, dann ging es wieder nach Hause.

Von nun an wurde ich als Auslieferungsfahrer eingesetzt, was für mich eine angenehme Sache war. Die amerikanischen Offiziersfamilien bestellten für die ganze Woche Lebensmittel, vor allem Milch und Brote. Morgens wurden die Lieferwagen mit der Aufschrift „Commissary" beladen, danach fuhr ich zu den Wohnblöcken, und Dienstmädchen holten die Ware am Wagen ab. Oft kamen die Frauen der Soldaten auch selbst ans Fahrzeug, um ihre Bestellung in Empfang zu nehmen. In jedem Haus wohnten vier Familien und für sie war jeweils ein Dienstmädchen zuständig. Oben unterm Dach hatten die Mädchen ihr Zimmer, in dem sie wohnten, und im Keller hatten sie ihr Badezimmer. Für mehrere Blocks war ein Hausmeister zuständig. Samstags brachte ich einem Hausmeister eine Flasche Buttermilch und ein Rosinenbrot mit, dafür hatte er für mich in einem der Bäder die Badewanne für ein Bad vorbereitet. So konnte ich die Woche sauber beenden und nach Hause fahren.

Bei meiner ersten Tour war ein erfahrener Fahrer dabei, der mir den Bereich, den ich zu beliefern hatte, zeigte. Und schon bei der ersten Fahrt wollte er mich mit einem der Dienstmädchen verkuppeln. Die hatte jedoch Bedenken, da ich zu kräftige Arme hätte. Ich trug die Ärmel des weißen Kittels immer aufgekrempelt. Schließlich willigte sie ein, aber ich zog es vor, auf das Angebot nicht einzugehen. Mir war klar, wenn man von der Militärpolizei erwischt würde, wäre man weg vom Fenster. Eines der Mädchen war sehr jung und ausgesprochen hübsch. Wir verstanden uns gut und sie mochte mich auch. Wenn ich in Kaiserslautern gewohnt hätte, wären wir sicherlich ein Paar geworden, aber eine Beziehung aus der Ferne ist meistens zum Scheitern verurteilt.

Vom Polizeisportverein aus machten wir bei den amerikanischen Soldaten in den Kasernen Vorführungen in Judo und Jiu-jit-su. Unser Abteilungsleiter handelte immer eine Matte aus. Die Matten waren so dünn, dass wir mindestens drei Matten übereinanderlegen mussten, damit wir darauf trainieren konnten. Am nächsten Tag wurde ich in der Commissary von den Soldaten

angesprochen. Sie hatten mich bei der Vorführung gesehen. Sie kamen dann immer zu mir, wenn sie etwas suchten oder Fragen hatten.

Weihnachten stand vor der Tür und an einem Tag nach Feierabend gab es eine kleine Feier in der Commissary. Leider gab es viel Alkohol zu trinken,

Commissary in Kaiserslautern

aber nichts zu essen, außer ein paar Keksen. Wir wussten uns zu helfen, heimlich holten wir aus dem Kühlraum einen Karton mit Wiener Würstchen, füllten ein Wasserbecken mit heißem Wasser und legten die Würstchen hinein. Das Ganze geschah hinter einem Tresen, so verschwanden wir heimlich einzeln, um uns über die Würstchen herzumachen. Unser großer, kräftiger, schwarzer Commissary Chef kam uns auf die Schliche und bestrafte uns, anstatt uns wie üblicherweise zu entlassen, indem wir alle Würstchen essen mussten. Uns wurde so schlecht, dass wir uns später übergeben mussten. Aber damit waren wir ein für alle Mal kuriert.

Oft wurde ich von Charly Flood oder dessen Frau nach Feierabend von der Commissary abgeholt.

Charly war Lehrer bei der Air Police auf dem Sembacher Flugplatz. Er hatte dort eine kleine Judo Gruppe, seine schwarzen Gürtel

Charly Flood (1.v. rechts oben)

97

hatte er in Japan gemacht. Er war ein guter Techniker und ich freute mich, dass ich bei ihm mit trainieren durfte - als einziger Fremde übrigens.

Igelbach war ein kleines Dorf mit 900 Einwohnern und gehörte zur Gemeinde Elmstein. Etwas höher gelegen an einem Hang war eine Gaststätte, die von den Einheimischen das „Heim" genannt wurde. Dort traf man sich am Wochenende, trank sein Gläschen Wein oder zwei, erzählte alte Wilderer Geschichten. Hierbei erfuhr ich dann auch, dass heute noch kräftig gewildert wird. Ich saß gerne in der Gaststube und hörte den Alten zu. Erwin, der Halbbruder meiner Schwägerin saß oft da oben. Er war als Weiberheld und Schläger bekannt. Einen der alten Wilderer nannten sie „Blep" (warum, weiß ich nicht), sein richtiger Name war Melzer. Er mochte mich und meinem Bruder und oft lud er mich zum Wildessen ein. Eines Samstags kam der Förster und setzte sich zu den Alten. Der Wein und das Bier flossen in Strömen, und irgendwann stand der Förster auf, ging in den angrenzenden Saal und legte sich auf ein paar zusammengerückten Stühlen zum Schlafen. Am Morgen, als er ausgeschlafen war, lag neben ihm eine tote Wildsau. Er nahm sein Gewehr, die Wildsau und verließ die Kneipe. Das Komische dabei war, dass in den nächsten Tagen im Wirtshaus Wildschweinbraten serviert wurde. Ja, dafür hatten die Wilderer gesorgt, sie brauchten dafür nicht einmal ein eigenes Gewehr.

Auf dem Heim (Gasthaus) war es ziemlich spät geworden, die Stühle wurden auf die Tische gestellt und der Wirt blies zum Feierabend. Da kam Erwin auf die Idee und fragte mich, was ich machen würde, wenn er mich von vorne in den Schwitzkasten nehmen würde. Nun war guter Rat teuer, er war groß und kräftig, ich klein und unscheinbar, was sollte ich nun machen? Erwin wollte es unbedingt wissen und ich wollte mich nicht blamieren. Blep schloss gleich eine Wette um einen Kasten Bier ab, und setzte auf mich. Erwin packte mich von vorne und ich überlegte mir eine Technik. Wir standen ca. zwei Meter vorm Tresen und der Fußboden bestand aus alten Holzdielen. Mit meiner rechten Hand fasste ich sein linkes Knie und legte dabei meinen rechten Unterarm auf meinen rechten Oberschenkel, mit der linken Hand fasste ich um seinen Körper an seinen Rücken. Ich ging etwas in die Kniebeuge, drückte mit meinem rechten Bein mit dem Arm darauf, machte eine Brücke und Erwin flog im hohen Bogen über mich hinweg zu Boden. Anstatt sich jetzt loszulassen, hielt er sich an mir fest und knallte mit dem Gesicht voll auf die Bretter und rutschte dabei bis zum Tresen. Erwin verzog das Gesicht und versuchte zu lächeln,

98

aber man konnte den Schmerz erkennen. Er sah übel hergerichtet aus. Platzwunde an der Stirn und den Lippen, aus der Nase zog man einen langen Holzsplitter, aber Erwin versuchte alles zu verbergen. Blep hatte die Wette gewonnen und sprang lachend hin und her.

Am nächsten Morgen saß Erwin im Schienenbus neben mir. Sein Gesicht war total verpflastert, er versuchte alles zu verbergen. Aber im Dorf machte es nun die Runde, dass der Herz sein Bruder den „Deutsch", das war sein Spitzname, vertrimmt hatte. Was natürlich nicht stimmte, aber nun hatten alle Burschen Respekt vor mir und das war mir nur recht!

Die Zeit einer Veränderung stand wieder einmal an, ich meldete mich freiwillig zur Bundesmarine. Die Bundeswehr war noch im Aufbau, vor allem bei der Marine. Es dauerte nicht lange und ich bekam schriftliche Antwort. In dem Schreiben wurde gefragt, ob ich, sollte ich nicht zur Marine kommen, alternativ woanders hinwolle. Meine Antwort lautete: „Nein!" Mir war klar, dass ich nur zur Marine wollte, aber nicht zum Heer. Nach kurzer Zeit erhielt ich meine Einberufung zum 1. Oktober 1956 nach Glückstadt an der Elbe zur „Dritten Schiffsstammabteilung". Ich muss gestehen, meine Freude war groß, obwohl ich nicht wusste, was mich dort erwartete. Also packte ich meine Koffer, besser gesagt meinen Persilkarton und machte mich auf den Weg nach Glückstadt. Wo war Glückstadt eigentlich? Keine Ahnung, eine Landkarte besaß ich nicht. Ich wusste nur, dass ich in Hamburg umsteigen musste. Ich habe mich bei meiner Familie verabschiedet. Sie haben zusammengelegt und mir einen Fotoapparat geschenkt. Der sollte mir noch gute Dienste leisten! In Mannheim stieg ich in den D-Zug nach Hamburg. Da er sehr voll war, habe ich die ganze Zeit über gestanden. Es fiel mir auf, dass immer mehr junge Männer in den Zug zustiegen. Alle beäugelten sich, aber niemand sagte etwas. Ich glaube, wir hatten alle den gleichen Gedanken, und jeder fragte sich, ob die anderen auch zur Marine wollten. Gähnendes Schweigen. In Hannover stieg plötzlich ein Mann in Marineuniform ein und nach kurzer Zeit fragte einer der anderen jungen Männer, ob das die neue deutsche Marine sei. Es war kaum zu glauben, die Spannung, die während der ganzen Fahrt im Zug herrschte, löste sich plötzlich und alle redeten durcheinander. Es stellte sich schnell heraus, dass tatsächlich alle, die bisher geschwiegen hatten, zur Marine wollten. Fragen über Fragen wurden an den Matrosen und auch untereinander gestellt. In Hamburg hätte ich fast das Umsteigen verschlafen. Alle verließen den Zug und ich erwischte gerade noch den Anschlusszug nach Glückstadt. Dort angekommen wurden wir schon erwartet. Offiziere und Unteroffiziere nahmen uns in Empfang, ließen uns Lastwagen besteigen und einige marschierten in der Kolonne zur Kaserne. In der Kaserne nahmen wir Aufstellung, unsere Namen wurden vorgelesen und den einzelnen Kompanien zugeteilt. Ich war ein wenig enttäuscht, denn ich dachte, dass ich, wenn ich angekommen wäre, in eine Mülltonne springen, den Deckel hochheben und rufen müsse: „Mit mir hat die Marine einen guten Fang gemacht". So wurde es doch immer von der alten Wehrmacht erzählt. Nein, man hatte uns ja fast mit weißen Handschuhen angefasst.

Die Kaserne lag ca. 3 Kilometer außerhalb von Glückstadt Richtung Westen direkt an der Elbe hinterm Deich. Es war eine ziemlich große Anlage mit einem Sportplatz, einem Exerzierplatz, einer Turnhalle, einer Exerzierhalle, einem Schwimmbad und einer Sauna. 800 Soldaten waren hier untergebracht, aufgeteilt in vier Kompanien. Die Kasernenanlage diente den Engländern nach dem 2. Weltkrieg als Sportschule.

Ich kam in die 4. Kompanie, 4. Zug. Da ich nicht gerade zu den Größten gehörte, stand ich auch noch am Ende der Gruppe. Mein Kompaniechef war Kapitänleutnant Korves, mein Zugführer Oberbootsmann Heidjohan, mein Gruppenführer Maat Richert.

Wir waren zu acht auf einer Stube, vier Doppelbetten, die durch vier Doppelspinde abgeteilt waren. Ein Tisch mit acht Stühlen standen vor den beiden Fenstern. Wir wohnten im ersten Stock, genau gesagt im Parterre. Als erstes hängte ich ein paar Judobilder von mir zwischen den beiden Fenstern auf. Schon bald sollte sich zeigen, dass es für unsere Stube von Vorteil sein sollte. Gerade am Anfang war es wichtig, bei den Vorgesetzten einen guten Eindruck zu hinterlassen. Denn abends bei der Stubenmusterung gingen sich die Unteroffiziere erst die Bilder ansehen. Judo war zu der Zeit noch nicht so bekannt. Dann schauten sie einmal in die Runde und verließen unser Zimmer, ohne auch nur einmal in die Spinde zu schauen oder auf den Schränken nachzusehen, ob da noch Staub drauflag. Später sollte sich das ändern, da nahm man auf meine Kampfkunst keine Rücksicht mehr, aber Respekt hatte man schon. In den ersten vierzehn Tagen kamen wir draußen nicht vor die Kaserne. Danach wurden wir zum ersten Mal nach Glückstadt in den Ratskeller ausgeführt.

Es gab Tartar zum Essen. Auf jedem Teller lag ein halbes Pfund Rinderhack-fleisch, mitten drauf ein Eigelb, daneben Pfeffer und Salz. Für mich war das etwas ganz Neues, so was habe ich noch nie gesehen, geschweige gegessen. Der Koch des Ratskellers zeigte uns, wie wir das Tartar würzen sollten. Fröhlich schnat-ternd aßen wir die gut schmeckende Speise, es war ganz köstlich. Von diesem Tage an wurde ich Tartar-Fan und bin es heute noch. Im Laufe der Zeit bekamen wir auch  das berühmte Labskaus zu essen, ich kann nur sagen, auch hiervon wurde ich ein Fan. Der Vorteil bei Labskaus ist, dass man nur zu schlucken braucht, wenn man es eilig hat, und schon hat man Zeit gewonnen. Bei Alarm kann es sehr hilfreich sein.

Auch hierzu gibt es ein treffendes Gedicht, Verfasser unbekannt:

Labskaus

Was wär am Ende die ganze Seefahrt wert,
ständ´ nicht zuweilen so ein Pott
mit Labskaus auf dem Herd.
Und fragt man einen Seemann mal,
ob Labskaus oder Kuss,
ruft er: „Hier gibt es keine Wahl,
ich bin für beides, Schluss!"
Erst kippt er einen scharfen Schnaps,
noch besser kippt er zwei;
dann folgt mit einem einz'gen Haps
das ganze Spiegelei.
Und wenn es von den Lippen leckt,
das ist ihm völlig wurscht,
Hauptsache, dass es richtig schmeckt,
und dann zum Schluss der Durst?
Und während er das Kinn abwischt,
sind alle Sorgen fern;
zufrieden denkt er, wenn es zischt:
„Jetzt leb´ ich wieder gern!"
„Was sagt der Arzt? Der Bauch muss weg,

das Herz ist überlastet!
Das schert mich heute einen Dreck,
ab morgen wird gefastet!"
Dem Laien ist das Labskaus fremd,
weshalb er ihm misstraut.
Sein Ausseh'n ist es, was ihn hemmt –
es scheint ihm vorgekaut.
Er ahnt nicht, was sich drin verbirgt,
und wittert allerlei,

heimtückisch schielt, indes er würgt,
das fette Spiegelei.
Das Ganze schmückt ein dichter Kranz
von Rotebeetsalat,
was ist denn das? Ein Heringsschwanz!
Verdächtig! In der Tat!
Doch lässt er aquavitgestärkt
dem Schicksal seinen Lauf,
und zwischendurch, (wenn´s keiner merkt!)
stößt er mal kräftig auf.
Die Schüssel wandert hin und her,
und munter wird gezecht,
und hat man keine Zähne mehr,
dann schätzt man es erst recht.
Es schmeckt sogar bei Stärke 10
auf wildbewegter See,
und fängt es an sich umzudreh´n,
geht man mal schnell nach Lee.
Und wenn man es dann wiedersieht,
genauso wie es war,
dann denkt man bloß: „Ach, lass man, Schiet,
es schmeckt doch wunderbar!"

Nun, die Zeit verging und langsam hatten wir uns an das Kasernenleben gewöhnt. In der Kasernenanlage gab es auch eine Poststelle und wir bekamen
die Anweisung, uns ein Konto und ein Sparbuch anzulegen. Von nun an
wurde unser Gehalt auf das Postscheckkonto überwiesen und wir bekamen

ein Scheckbuch und ein Überweisungsheft. Das war etwas ganz Neues und barg auch eine gewisse Gefahr in sich. Die Lokalitäten nahmen plötzlich von den Soldaten diese Schecks als Bezahlung an, mit anderen Worten, die Lords tranken mehr, denn sie zahlten nicht mehr in bar, sondern mit einem Scheck, was von den Wirten schamlos ausgenutzt wurde.

Eigentlich war es ja egal, wie bezahlt wurde, aber die Wirte animierten die jungen Männer mehr zu trinken und wenn sie betrunken waren, wurden sie an die Luft gesetzt. Eine Kneipe war ziemlich brutal in der Beziehung, was dazu führte, dass sich die Soldaten eines Abends rächen wollten. Man beschloss, das Lokal zu zerstören und dem Wirt einen Denkzettel zu verpassen. An diesem Abend fuhr ich Streife, das heißt, ich warf auch einen Blick in die einzelnen Lokale, um zu sehen, ob alles in Ordnung war. Da ich von dieser Aktion erfahren hatte und die Jungens verstehen konnte, ließ ich mir ziemlich viel Zeit mit der Aufsuchung dieser bewussten Kneipe. Als ich schließlich dort ankam, war schon alles vorbei. Allerdings anders als von mir erwartet. Die Jungen haben einen entscheidenden Fehler gemacht, sie löschten das Licht im Lokal und schon gingen die Fensterscheiben zu Bruch. Aber schon nach kurzer Zeit ging das Licht wieder an und niemand traute sich weiteren Schaden anzurichten. Es wäre gescheiter gewesen, wenn sie die Sicherung herausgedreht hätten, dann wäre das Licht nicht so schnell wieder angegangen.

Nun ja, in der Kaserne gab es dann ein Donnerwetter und die Lords mussten den angerichteten Schaden bezahlen. Ansonsten verlief alles glimpflich, denn auch die Vorgesetzten begrüßten die Aktion im Wesentlichen.

Die Rekrutenzeit näherte sich dem Ende und die Abkommandierungen der Soldaten zu den neuen Einheiten standen bevor. Mein Zugführer Oberbootsmann Heidjohan informierte mich darüber, dass ich in Glückstadt bleiben würde und den neuen Rekruten Judo beibringen müsse. So kam es dann auch, dass alle meine Kameraden versetzt wurden und nur ich in Glückstadt bleiben durfte. Ich zog in die Stabskompanie um, hatte dort mein eigenes Zimmer und war mit mir und der Welt zufrieden. Nur blieb es nicht beim Judo. Morgens, wenn die einzelnen Züge (bestehend aus ca. 40 Soldaten und drei Unteroffizieren) in der Turnhalle erschienen, habe ich nicht nur mit den Leuten Judo gemacht, sondern auch andere Sportarten. Zwei Offiziere, beide Oberleutnant zur See, waren von Haus aus Sportlehrer. Sie gaben mir einige Sportbücher und in den Pausen, wenn kein Sportunterricht anstand, machte ich mich anhand des Inhaltes der Bücher über Sportphilosophie und Methodik ein wenig schlauer.

In Gückstadt gab es allerdings keine Judomatten, auf denen wir trainieren konnten. Also besorgte man eine alte Matte, dessen Inhalt aus Seegras bestand. Aber die Matte sah aus wie ein Sturzacker, ungleichmäßig dick, mal ganz dünn, dann wieder einige dicke Bollen. Darauf konnte man beim besten Willen nicht trainieren.

In Glückstadt gab es eine Firma, die den Zustand der Matte verbessern sollte. Der Inhalt wurde komplett herausgenommen, maschinell aufgelockert und wieder in den Bezug gestopft. Ich musste während des Vorgangs dabeibleiben. Das Unangenehme war, dass es fürchterlichen Staub verursachte und ich immer wieder an die frische Luft gehen musste. Die Matte war danach immer noch nicht optimal, aber zur Not konnte man darauf trainieren.

Die Unteroffiziere, die eigentlich selbst mit ihren Männern den Sportunterricht durchführen sollten, überließen mir das Feld. Vor allem baten mich die Gruppenführer montags, wenn sie noch müde waren, den Sportunterricht zu übernehmen. Sie dagegen gingen eine Treppe nach oben, wo ein Zimmer mit einem Bett stand und machten dort ein kleines Nickerchen. Im Gegenzug ließ man mich an der Hauptwache ohne Passierschein durch. Es hieß dann immer „Bekannt", vor allem, wenn ich nach Zapfenstreich in die Kaserne zurückkehrte.

In dieser Zeit hatte ich natürlich so manches Erlebnis. Wir hatten in Glückstadt nicht nur ein 50-Meter-Schwimmbecken, sondern auch eine Sauna. So ergab es sich, dass ich einmal neben dem Regimentskommandeur Kapitän zur See Hartmann in der Sauna saß.

Kapitän zur See Hartmann (s. Foto) wurde auch durch seine U-Boots Fahrten bekannt. Er war sehr erfolgreich in der Versenkung von feindlichen Schiffen. Ab 1. November 1944 war er Kommandeur des Volkssturms in Danzig. Nach dem 2. Weltkrieg war er in der Bundesmarine Kommandeur des 1. Schiffsstammregiments in Glückstadt.

Eigentlich führte ich in dieser Zeit ein angenehmes Leben. Ich konnte abends länger in der Stadt bleiben, während die Soldaten pünktlich um 20:00 Uhr in der Kaserne sein mussten. Eines Tages gab es in Glückstadt eine Tanzveranstaltung, besser gesagt einen Maskenball, bei dem nur die Frauen die Männer zum Tanzen auffordern durften. Als die Soldaten die Veranstaltung wegen des Zapfenstreiches verlassen mussten, war ich der einzige Lord in Uniform im Saal. Bei jedem Tanz wurde ich von einer netten Dame aufgefordert. Sie hatte meine Größe, war vielleicht etwas kleiner, und sie tanzte hervorragend. Ich habe mich jedes Mal gefreut, wenn sie kam. Verkleidet war sie wie eine Zigeunerin. Ich konnte nicht erkennen, wer sie war, sie sprach auch kein Wort. Na ja, und ich hatte auch nicht den Mut sie anzusprechen. Also wartete ich bis Mitternacht, als die Demaskierung erfolgte. Aber meine Tänzerin war verschwunden, und ich weiß bis heute nicht, wer sie war.

Ich muss gestehen, dass ich damals ein wenig überkandidelt und mit falschem Mut behaftet war. Ich dachte, wenn es um Sport gehe, könne ich das alles – wohl bemerkt, dachte ich. Es gelang mir ja auch manches, aber nur manches. So ist es nicht verwunderlich, dass ich oft auf die „Schnauze" gefallen bin. Im Kasernenbereich hatten wir ein wunderschönes 50-Meter-Schwimmbecken. Wir hatten sogar einen zivilen Bademeister, dessen 12-jährige Tochter am Wochenende immer zum Schwimmen kam. Dieses Mädchen konnte die 50 Meter durchtauchen und das zwei Mal nacheinander. Das kann ich auch, dachte ich so bei mir, sprang ins Wasser und musste nach 25 Meter wieder auftauchen. He, das kann ja wohl nicht sein, nur 25 Meter! Das Lächeln des Mädchens war nicht zu übersehen.
Der Bademeister wollte in Urlaub fahren. Er fragte mich, ob ich ihn vertreten könne. Dazu musste ich aber erst mal einen Rettungsschwimmer-Ausweis haben. Da war mein Bademeister ganz fix: An ein und demselben Tag musste ich den Grundschein und den Leistungsschein machen. Dann fuhr er in den Urlaub und ich war der Herr des Schwimmbades. In den Dienstpausen war ich ja allein im Bad, also nutzte ich die Zeit, um Langtauchen zu üben. Juchhu, ich hatte es geschafft, nun konnte ich auch 50 Meter weit tauchen.
Das machte mir Mut. Da war ja noch das Sprungbrett, 1 ½ Salto vom 3-Meter-Brett konnte ich schon, aber wie war es von einem 1-Meter-Brett? Normaler Salto kein Problem, aber einen 1 ½ Salto, das muss ich gleich ausprobieren.

Voller Energie und Tatendrang schritt ich zum 1-Meter-Brett, die Absprung-stelle anvisiert, einen kräftigen Anlauf, und ab ging die Post. Der Absprung war gut, aber dann knallte ich mit dem Gesicht voll aufs Wasser. Ich hatte zu früh geöffnet und feststellen müssen, wie hart Wasser sein kann.

Das sollte aber noch nicht ausriechen: es gab ja noch mehr Experimente. In der Exerzierhalle standen ein Sprungtisch und ein Sprungfederbrett. Über den Sprungtisch wollte ich schon immer mal einen Handstandüberschlag machen. Also nichts wie hin. Da steht das gute Stück. Schnell das Sprungbrett in Posi-tion gebracht, kurz anvisiert und los. Ich brauchte ein gewisses Tempo, um auf den Tisch zu kommen, Lauf, Absprung und „Autsch"! Voll mit dem Ge-sicht in die Lohe, zu spät geöffnet. Man muss wissen, dass Lohe aus Sand und Sägespäne besteht, also furchtbar hart ist.

Eine wichtige Entscheidung

Nun kam die Zeit, in der ich eine Entscheidung tref-fen musste. Sollte ich in Glückstadt bleiben und ir-gendwann mal abkommandiert werden, wäre ich Seemann und hätte keine fachliche Laufbahn. Das wollte ich aber auf keinen Fall. Unser Kommandeur, Fregattenkapitän Herbert  Schultze, auch Papa bzw. Vatti Schultze genannt, und einer der erfolgreichsten U-Boot Fahrer wollte mich unbedingt in Glückstadt behalten.

Ich sollte die neuen Offiziersanwärter im Judo ausbilden. Mir war das nicht sicher genug. Würde ich zu einem Unteroffizierslehrgang abkommandiert, käme ich nicht wieder nach Glückstadt zurück und ich könnte keine vernünf-tige Laufbahn vorweisen. Also ließ ich mich nach Bremerhaven zu einem Ra-darlehrgang versetzen. Die Radarlaufbahn wurde zu der Zeit gerade erst neu eingerichtet. Nach Abschluss des Grundlehrgangs auch Gastenlehrgang ge-nannt, wurde ich nach Flensburg Mürwik versetzt. Hier wurde die neue Dienststelle "Marineortungsabschnitt Ostsee" eingerichtet.

Am 03.12.1957 bildeten zwanzig bis dreißig Soldaten der Fachrichtung RD 23 Radar, die Marineortungsgruppe Flensburg. Diese Soldaten waren für die Küstenradarorganisation vorgesehen. Im März 1958 wurden sieben Soldaten

aus dieser Gruppe zu einem Sonderlehrgang nach Bad Nauheim in das Schloss Kransberg abkommandiert.

Es waren dieses KptLt. Heinsen, Gefr. Behrendt, Gefr. Fingerhut, Gefr. Haverland, Gefr. Hellmich, Gefr. Herz, Gefr. Kopp.

Schnellboot Sturmmöwe,
auf dem ich gefahren bin.

107

Eine Zeichnung von mir

Schnellboote in geheimer Mission

Ab Mai 1958 fanden in unregelmäßiger Folge einwöchige Einsatzfahrten auf vorgerüsteten Booten des 1. Schnellbootgeschwader Kiel statt. Dazu kamen die sieben ausgesuchten Soldaten zum Einsatz. Kurz vor dem Auslaufen wurden die Geräte und Antennen an Bord installiert. Der entsprechende Arbeitsraum war ca. 2 x 2 m groß, für uns eingestiegenen Soldaten gab es keinen Platz zum Schlafen, jeder schlief, wenn er dazu kam, dort, wo er sich gerade befand. Zwei Schnellboote standen uns zu Verfügung, beide haben anstelle von Waffen Zusatztanks zur „Einsatzreichweitenvergrößerung" eingebaut bekommen. Die Versorgung erfolgte auf See und die Einsatzgebiete waren Rügen – Bornholm – nördliche Danziger Bucht. Nachts wurde meistens ohne Positionslichter gefahren, um unerkannt weit ins Einsatzgebiet vordringen zu können. Unser Befehl lautete nicht in die Danziger Bucht zu fahren. Gleichzeitig hieß es aber auch: „Bringt mit, was ihr kriegen könnt." Es kam natürlich vor, dass wir uns zu nah an dem Kriegshafen der Russen von Pillau aufhielten. Jeder war auf seinem Posten und hielt mit dem Nachtglas Ausschau. Aber die Radargeräte auf den russischen Schnellbooten verrieten ihr Kommen und so beeilten wir uns schnell aus der 12-Meilen-Zone zu kommen. Mit Erfolg. Ich muss gestehen, so hart diese Fahrten für uns waren, so spannend waren sie aber auch. Es gab auch angenehme Momente, vor allem, wenn das Wasser ruhig war. Leider war das selten der Fall. Meistens hatten wir starken Wind und die Boote hatten dadurch ihre Probleme gegen die Wellen anzukämpfen. Aber nicht nur das Boot hatte Probleme, sondern auch ich kam einmal ziemlich in

Schwierigkeiten. Wir hatten starken Seegang und ich hatte Küchendienst, das heißt ich musste Geschirr abwaschen und abtrocknen. Vor mir befand sich ein großer Stapel Teller, der herunterzufallen drohte. Ich bemühte mich die Teller zu halten. Vergebens! Ein großer Teil fiel zu Boden und zerbrach. Ich machte mir Sorgen, wie ich das rechtfertigen sollte. Kalter Schweiß lief mir übers Gesicht und ich erwartete einen gewaltigen Anschiss. Niemand konnte sich meinen Kampf mit den Tellern vorstellen, damit keiner zu Boden fiel. Meine Sorge war umsonst, die alten Hasen an Bord lachten und meinten, dass die üblichen Seeschäden seien, die bei jeder Fahrt vorkämen.

Mein allerschlimmster Tag auf dem Schnellbot war der Versuch bei Seegang die Toilette zu benutzen. Die Toilette befand sich genau gegenüber der Kombüse. Zusätzlich musste man, um in die Toilette zu gelangen, eine ca. 30 cm hohe Schwelle überwinden. Die Toilette wurde vom Smutje (unserem Koch) auch als Lagerraum benutzt, zum Beispiel stand der Kartoffelkorb darin und ein großer Kochtopf. Nun, mein Bedürfnis war sehr dringend, also musste ich in diesen engen Raum hinein. Die Tür ließ sich nicht schließen, ich musste sie mit einer Hand zuhalten, mit der anderen Hand hielt ich meine Hose fest. Auf die Brille konnte man sich nicht setzen, da bei jeder Welle das Wasser nach oben spritzte.

Meine Beine zitterten vor Anstrengung, das Boot holte über, das heißt, es neigte sich zur Seite. Die Toilettentür sprang auf, ich konnte sie nicht halten. Gleichzeitig bekam ich so einen Schwung, dass ich mit einem Sprung über die Schwelle sprang und in der Kombüse landete. Dann ging es zur anderen Seite und ich eilte wieder in die Toilette und so ging es mehrere Male hin und her. Tränen standen in meinen Augen. Schließlich wollte ich mir ja nicht in die Hose machen. Genervt war ich schon vorher, denn um zur Toilette zu gelangen, musste man erstmal zum Achterdeck kommen, was nicht so einfach war. Durch die Zusatztanks, die an Oberdeck installiert waren und nur eine Notreling hatten, war es nicht möglich normal zum Achterdeck in die Kajüte zu gehen. Die See war rau und das Boot lag schräg im Wasser, dazu der starke Wind - alle diese Fakten trugen dazu bei, dass man, wenn man nach hinten wollte, es nur mit Rennen bewältigen konnte. Dazu kam, dass man sich am heißen Ofenrohr festhalten und mit Schwung um die Kurve laufen musste, um zum Niedergang (Treppe) zu gelangen, sonst wäre man hinten über Bord gegangen. Es gab keine andere Haltemöglichkeit. In solch einem Moment verfluchte ich die Seefahrt und war froh, kein Bordkommando zu haben.

Auf der Insel Fehmarn sollte eine neue Dienstelle aufgebaut werden und zwar in Staberhuk, das ist im Osten der Insel in der Nähe des Leuchtturms. Bevor mit dem Bau der Dienststelle begonnen wurde, baute man ein Wohnzelt für sechs Personen mit Holzfußboden und Kanonenofen auf. Im Zelt standen drei Doppelbetten, außerdem war darin eine kleine Küche eingerichtet, damit wir uns das Essen, das von der Radardienststelle Marienleuchte geliefert wurde, aufwärmen konnten. Ich wurde mit fünf Soldaten, darunter einem Kraftfahrer, für eine Testaufgabe nach Staberhuk abkom-mandiert. Erprobt wurde eine französische Versuchsanlage vom Typ SPHINX. Die Er-probung wird für die neue Marinefernmelde-stelle 722 durchgeführt. Die gesamte Anlage stand mitten auf einem Acker.

Abbildungen: Auf dem Weg nach Sta-berhuk (links)

und auf dem Acker in Staberhuk (oben)

Man kann sich unschwer vorstellen, wie dreckig es überall war, aber wir fühlten uns wohl. Die Straße endete mit einer Betonplatte vor dem Acker. Auf dieser Platte stand eines Tages der Kommandeur des Marinestützpunktes Ostsee, ein Kapitän zur See – dessen Name mir leider entfallen ist -, mit einem Gefolge von zwölf Offizieren, unter anderem ein Fregattenkapitän, der für die gesamte Elektronik verantwortlich war. Dieser Besuch war allerdings ange-kündigt, also hatten wir an diesem Tag unsere Unterkunft auf Vordermann gebracht. Der Kapitän zur See ließ sein Gefolge auf der Plattform stehen, stieg in den Acker und kam mit der Bemerkung zu mir: „Maat Herz, wir sind jetzt allein, sagen Sie mir, wo Euch der Schuh drückt und was für Probleme Ihr habt?"

Ich erzählte von den Umständen, die man auf so einem Acker im täglichen Dreck hat. Er zeigte Verständnis und verhielt sich väterlich. Als wir in das Wohnzelt gingen, schaute er sich um und meinte: „Ihr habt wohl für mich extra alles sauber gemacht und den Holzfußboden geschrubbt."

Ich sagte: „Ja."

Er lächelte und meinte, dass das gut sei. Erst jetzt ließ er die anderen Offiziere zu sich kommen, der Elektronik-Offizier erklärte ihm die Anlage und was wir alles damit machen konnten. Es war zum zweiten Mal, dass ich erleben musste, wie eine Person in Führungsposition angelogen wurde. Mir war nicht bekannt, was diese Anlage alles konnte, schließlich haben wir täglich damit gearbeitet. Da sollte man wohl wissen, was man mit der Anlage alles machen kann. Beim ersten Mal musste ich mit anhö-ren, wie der Inspekteur der Ma-rine, Vize Admiral Ruge, unsere Dienstelle in Pelzerhaken be-suchte und von vorn bis hinten angelogen wurde. Ich hatte das Gefühl, der Admiral wusste das und hüllte sich in Schweigen.

Besuch aus Flensburg, ein Teil der Besatzung

Die Dienststelle Staberhuk

In der Zwischenzeit war die neue Dienst-stelle in Staberhuk fertiggestellt worden, und ich bekam meine Versetzung dorthin als Abschnittsleiter. Eine Wohnung stand mir auch gleich zur Verfügung. Der Dienststellenleiter war ein Oberleutnant. Dieser Dienstposten wurde alle zwei Jahre neu besetzt. Ferner war da noch Stabsbootsmann Enge, der für die Elektronik und die Instandhaltung der Empfangsanlagen zuständig war. Ich war für die fachliche und militärische Ausbildung verantwortlich. Gleichzeitig übernahm ich die Aufgabe des Spießes (Kompaniefeldwebel) und teilte die Arbeiten und den Wachdienst ein. Mir standen vierzig Soldaten, zehn Unteroffiziere und zwei Bootsmänner zur Seite. Da die Dienststellenleiter ungern diese Aufgabe tätigten, - sie wären lieber Kommandanten auf einem Schiff gewesen -, war ihr Interesse an unserer Arbeit gleich Null. Aber nicht nur das, ich musste sogar die Beurteilungen der Soldaten schreiben, da der Dienststellenleiter der Meinung war, ich würde die Männer doch viel besser kennen als er.

Am 11.07.1960 wurde ich nach Sonthofen an die Sportschule der Bundeswehr abkommandiert, hier erhielt ich meine Ausbildung zum Sportleiter.

Sportschule der Bundeswehr in Sonthofen (Ehemalige Ordensburg im dritten Reich)

Bei einem Ausflug in der Umgebung von Sonthofen

Abzeichen der Sportschule

Die Ausbildung war sehr hart, obwohl ich gut durchtrainiert war, denn schließlich hatte ich einige Erfolge im Judo aufzuweisen (mehrfacher Landesmeister). Die ersten Tage waren sehr schmerzhaft, ich litt unter Muskelkater an Körperstellen, von deren Existenz ich bislang gar nichts wusste. Der Lehrgang endete mit einer praktischen und einer theoretischen Prüfung, danach waren wir berechtigt, Prüfungen für das deutsche Sportabzeichen abzunehmen und durften an unserer Sportkleidung das Abzeichen der Sportschule tragen.

Obwohl ich schon nach meiner Grundausbildung in Glückstadt an der Elbe als Sportausbilder tätig war, konnte ich nun offiziell als Sportleiter eingesetzt werden.

Am 24.08.1960 endete der Lehrgang. Nun hieß es, den Seesack zu packen und ab in den Norden zu meiner alten Einheit in Neustadt an der Ostsee zu fahren. All meine Habseligkeiten wurden in den kleinen Fiat 600 verstaut und ab ging die Fahrt. Bis Neustadt war es noch sehr weit, Autobahnen gab es auf dieser Strecke noch nicht. Also wählte ich die Landstraßen über Kempten, immer weiter Richtung Norden. Ich entschied mich nachts zu fahren, da dann kaum Verkehr war, was sich nicht unbedingt als Vorteil erweisen sollte. Etwa um 1 Uhr nachts erreichte ich das Ende der Schwäbischen Alb, vor mir lagen von vielen Straßenlaternen erleuchtet Ortschaften, die Ebene. Von nun an ging es bergab, es begann mit einer Linkskurve, danach eine lange, gerade Straße. Aus der Ferne kam mir ein Licht entgegen, es war ziemlich schnell und schon war es an mir vorbei, ich erkannte, es war ein Motorrad. Irgendein komisches Gefühl befahl mir anzuhalten. Ich stoppte den Wagen und drehte die Seitenscheibe herunter. Just in diesem Moment hörte ich ein kreischendes Geräusch. Meine innere Stimme erteilte mir den Befehl umzukehren und nach dem Rechten zu schauen. Gleich hinter der Kurve lag er, der Motorradfahrer, er war auf einem Kuhfladen in der Kurve mit seiner schweren Maschine ausgerutscht und lag nun bewusstlos auf der Straße. Ich drehte mein Auto um und beleuchtete mit den Scheinwerfern die Unfallstelle. Schnell zog ich den Verunglückten von der Straße an die Seite, nahm ihm den Helm und seinen Schal ab. Nach kurzer Zeit kam er wieder zu sich, war aber noch leicht benommen. Dann zog ich das Motorrad an den Straßenrand, um nachfolgende Verkehrsteilnehmer nicht zu gefährden.

Da es mitten in der Nacht war, musste ich eine Stunde warten, bis ein Autofahrer vorbeikam. Ich winkte den Fahrer zum Anhalten und bat ihn, die Polizei im nächsten Ort zu benachrichtigen. Nach etwa einer halben Stunde kam die Polizei. Zu allererst wollte sie wissen, ob der verunglückte Fahrer geblendet worden war. Der Fahrer verneinte diese Frage, und ich zeigte den Beamten daraufhin den verschmierten Kuhfladen als Beweis für den Unfall. Erst später wurde mir bewusst, dass es für mich auch hätte böse enden können. Was wäre gewesen, wenn der Motorradfahrer gesagt hätte, er sei geblendet worden?

Dann hätte ich ein ernstes Problem gehabt. Dieser Gedanke beschäftigte mich während der ganzen Fahrt bis Neustadt und noch lange danach.

Am 26. 11. 1960 kam die Abkommandierung in die USA zu einem Elektronischen Kampflehrgang nach Chicago Great Lakes Naval Training Center. Wir waren zu dritt, Kaptlt. Heinzen, Rolf Helmich und ich. Ankunft in der Nacht bei 12° C Wärme. Schon am nächsten Tag fiel das Thermometer auf -16 °C. Darauf waren wir nicht vorbereitet. Wir bekamen nun alle möglichen und notwendigen Informationen, wie zum Beispiel, wo wir im Bus zu sitzen oder wie wir uns den amerikanischen Lords gegenüber zu verhalten hatten. Darüber, dass das Wetter derartig umschlagen konnte, ließ man uns im Unklaren. Natürlich waren wir kleidungsmäßig nicht darauf eingestellt. Na, und die Unterkunft erst! Sie war völlig anders als bei uns in deutschen Kasernen, 40 Personen in einem Schlafraum, jeder hatte nur einen schmalen Schrank. Ferner gab es nur einen Tisch, dafür aber einen großen Kühlschrank. Die meiste Zeit verbrachten die Soldaten mit Schuheputzen, die mussten glänzen, also wurden sie auf Wasserglanz gewienert. Etwas unangenehm waren die Toiletten, ein Raum mit zehn Becken auf der einen Seite und zehn Becken auf der anderen Seite. Hinter den Becken war eine lange Stange mit Toilettenpapier angebracht. Keine Seitenwände, diese Art Toiletten kannte ich nur vom Bergbau, da waren die Becken wenigstens nur auf einer Seite.

Rolf, ein Kolumbianer, und ich erhielten, nachdem wir uns beschwert hatten, ein Zimmer mit vier Betten. Die Toiletten waren auch etwas besser, Toilettenbecken nur auf einer Seite, und seitlich gab es Sichtschutzwände, nur die Türen fehlten. Ich besuchte die Toiletten nur in der Mittagspause, da war ich meistens allein.

An einem Samstagmorgen begab ich mich in den Duschraum, um zu duschen. Komisch, die Wasserhähne an den Waschbecken waren mit Toilettenpapier umwickelt. Da hat sich wohl jemand einen Streich erlaubt, dachte ich. Dem war aber nicht so. Alle Augenblicke ging die Tür auf und ein Lord nach dem anderen schaute herein, sagte aber nichts. Später erfuhr ich dann, dass die Waschräume und die Duschen geputzt waren, und damit niemand sie benutzen würde, hat man die Armaturen mit dem Papier umwickelt. Dies sollte den Hinweis darauf geben, dass die Duschen erst nach der Visite der Vorgesetzten benutzt werden sollten. Das war mir natürlich sehr peinlich, aber auch darauf hat man uns nicht vorbereitet.

Da meine Schwester Erna in Richmond, Virginia, wohnte, wollte ich sie natürlich anrufen; die Telefonnummer hatte ich ja. In der Kaserne gab es ein Münztelefon. Alle Augenblicke musste ich 25 Cent einwerfen. Mir war klar, dass das Gespräch nicht billig und auch nicht allzu lange dauern würde, denn so viele 25 Cent Stücke hatte ich auch nicht. Nachdem ich gewählt hatte, sagte eine Frauenstimme immer „collect". Eins war sicher, meine Schwester war es nicht. Ich verstand nicht, was die Frau von mir wollte, denn mein Englisch war nicht gerade das Beste. Plötzlich hörte ich die Stimme meiner Schwester in der Leitung. Mann, war ich froh, endlich jemanden zu hören, der mich verstand. „Was wollte die Frau von mir?", fragte ich meiner Schwester.

Ihre Antwort: „Sie wollte wissen, ob Du ein R-Gespräch haben wolltest."
Das sollte mir mal ein Mensch klar machen, was ein R-Gespräch auf Englisch heißt. Nun, wir vereinbarten ein Treffen bei meiner Schwester, sie würde mir den Flug bezahlen. Gesagt, getan. Mein Kaptlt. Heinsen erreichte beim Lehrgangsleiter, dass ich nach dem Wochenende noch den Montag frei bekäme, was bei den Amerikanern nicht so einfach war.

Der Flug ging über Washington, D. C. Ich wählte den Nachtflug, damit ich schon am Samstagmorgen in Richmond ankäme. Nachdem ich die halbe Nacht in Washington verbracht hatte, bis ich meinen Anschlussflug bekam, ging es in einer kleinen Maschine weiter. Es waren nur zwei Passagiere an Bord,

und ich war der einzige, der in Richmond ausstieg. Der Flughafen war sehr klein, meine Schwester kam mit ihrem schwarzen Mercedes 219, den sie sich aus Deutschland mitgebracht hatte, direkt bis ans Flugzeug.

Das Wochenende bei meiner Schwester wurde sehr schön. Es lag viel Schnee, so viel, dass ich am Montag Probleme hatte, von dort fortzukommen. Schneetreiben, nichts als Schnee. Am Ende hatte es mit dem Flug dann doch noch geklappt. Aber dieses Mal war ich der einzige Fluggast und die Maschine war nicht geheizt. Auch flogen sie nur mit einem Piloten. Plötzlich kam die Flug-begleiterin mit einer Decke zu mir und setzte sich neben mich. Ich glaube, sie hatte noch nie neben einem deutschen Marinesoldaten gesessen. Vielleicht wollte sie auch testen, wie stürmisch ein deutscher Soldat war. Ich werde es wohl nie erfahren.

Der Lehrgang in Great Lakes ging zu Ende und es kam die Zeit der Heimreise. Ohne Probleme lief das allerdings nicht ab. Wegen des großen Schneetreibens konnten wir nur bis New York fliegen. Dort verpassten wir prompt unseren Anschlussflug nach Frankfurt. Das Schneetreiben war so stark, dass zwei Flug-zeuge zusammengestoßen waren. Zur gleichen Zeit stürzte auch eine Ma-schine in München ab. Da wir nicht weiterfliegen konnten, brachte man uns in einem Hotel direkt neben dem Empire State Building unter. Wir waren ei-nen ganzen Tag in New York, also nutzten wir die Zeit, um uns die Stadt anzusehen. Als erstes ging es auf das Empire State Building, danach machten wir eine Stadtrundfahrt mit Besichtigung des UN-Gebäudes. Nachdem wir wieder rausgekommen waren, war unser Bus weg. Das Empire State Building musste ja ganz in der Nähe stehen, dachten wir, denn es ragte ja ziemlich groß vor uns empor. Also machten wir uns auf den Weg und marschierten los. Egal wie lange wir liefen, das Hotel kam und kam nicht näher. Nach jeder Kreuzung dachten wir, dass wir es jetzt endlich geschafft hatten, aber erst nach einer Stunde erreichten wir endlich unser Ziel. Im Hotel angekommen, nahm ich erleichtert eine Dusche.

Es war äußerst angenehm, wie das warme Wasser über meinen Körper lief und mich wärmte. Draußen war es nämlich ziemlich kalt gewesen; schließlich hatten wir Winter. Leider gab es im Bad keine separate Dusche. Geduscht wurde in der Badewanne im Stehen. Um mich einzuseifen, machte ich einen Schritt zurück, und schon war es passiert. Ich kam mit dem Fuß auf die Run-dung der Wanne und rutschte aus, dabei schlug ich mit dem Kopf auf den Badewannenrand und lag vermutlich etwa eine Stunde bewusstlos in der Wanne. Nachdem ich aus dem Badezimmer gekommen war, fragte mich Rolf, was ich so lange da drinnen gemacht hätte. Ich erzählte meine Geschichte und klagte über starke Kopfschmerzen. Die Schmerzen hielten an, bis wir wieder in Neustadt waren.

Am nächsten Tag versuchte uns ein Taxifahrer zum Flughafen zu bringen, was nicht so einfach war. Die Straßen waren gelb vor lauter Taxen und total verstopft. Letztendlich erreichten wir noch rechtzeitig den Flughafen und bestiegen die für uns reservierte Maschine. Ich saß am Fenster. Draußen war es schon dunkel. Ich glaubte meinen Augen nicht, als ich plötzlich entdeckte, dass aus der einen Turbine ziemlich große Stichflammen kamen. Ich sagte zu Rolf: „Sag mal, Rolf, das ist doch nicht normal, dass aus dem Motor riesige Flammen schlagen, oder?"

„Ich glaube nicht", meinte er.

Die Maschine rollte an und begab sich in Startposition, ich hatte ein komisches Gefühl in der Magengegend. Plötzlich drehte das Flugzeug um und fuhr zum Ausgangspunt zurück. Ich hatte es doch gewusst, dass da etwas faul mit der Maschine war.

„Alle aussteigen, bitte, wir steigen in ein anderes Flugzeug um", kam es über die Bordsprechanlage. Gesagt, getan.

Nach einiger Zeit hatte sich die Aufregung gelegt, und wir landeten nach 7 Stunden wohlbehalten in Frankfurt, stiegen in ein Flugzeug nach Hamburg, und weiter mit dem Zug bis Neustadt. Eine „tolle" Überraschung erwartete mich, nachdem ich 72 Stunden unterwegs gewesen war: Ich konnte nämlich gleich meinen Wachdienst antreten. Na toll!

Meine Freundin Ev und ihre Schwester Christa waren Mitglieder im Neustädter Turnverein, beide turnten in einer Gruppe. Hin und wieder ging ich mit ihnen mit und fing auch an zu turnen, dabei stellte ich mich gar nicht so ungeschickt an, wie die Fotos unten beweisen.

Ich schaffte sogar den Salto vorwärts und rückwärts aus dem Stand.

Am 17.11.1961 habe ich Eva geheiratet. Wir bekamen zwei Kinder, Martina und Garland.

Die Pistole P 38

Nach unserer Hochzeit zogen wir zu Familie Kohn in den Sandberger Weg 31. Familie Kohn stellte uns zwei Zimmer kostenlos zur Verfügung, gegessen haben wir bei den Schwiegereltern im Schlesierweg 22. Herr Kohn arbeitete als Zimmermann und hatte hinteren Haus eine kleine Werkstadt. Er selbst war schon in Rente. Hin und wieder bastelte ich in der Werkstadt und eines Tages entdeckte ich dabei auf einem Regal eine Pistolentasche. Ich sprach Herrn Kohn darauf an, er meinte, dass die Pistole da auch noch sein müsse.

„Ist sie nicht", sagte ich.

„Dann hat sie vielleicht der Manfred", mutmaßte Herr Kohn. Manfred war der Bruder meiner Frau Ev, er war zu dem Zeitpunkt 12 Jahre alt. Natürlich habe ich ihn später darauf angesprochen und gefragt, ob er die Waffe habe. „Ja", antwortete er kurz und bündig. Ich bat ihn sie mir zu zeigen, was er auch tat. Die Pistole stammte aus dem 2. Weltkrieg, sie hatte keine Griffschalen mehr und anstelle eines Verriegelungsbolzens hatte sie ein angeschliffenes Fahrradventil. Ich sagte, dass ich in Kiel einen Kameraden hätte, der in der Waffenkammer der Marine arbeitete, und schlug ihm daraufhin vor, dass er mal nachprüfen könne, ob mit der Pistole alles in Ordnung war. Er stimmte dem zu und so schickte ich die Pistole nach Kiel. Nach einiger Zeit bekam ich die Waffe zurück mit dem Kommentar, sie sei besser als die Neue P 1 der Bundeswehr. Die Federn seien viel stärker als die Heutigen und was interessant sei, wäre, dass sie an der Seite den Reichsadler mit Hakenkreuz eingraviert habe. Das machte die Waffe noch wertvoller für Sammler. Meine Absicht war, dem 12-jährigen Manfred die Pistole nicht wiederzugeben; sie gehört schließlich nicht in Kinder Hände.

Um den Rost von der Pistole zu entfernen, steckte ich sie in eine Konservendose mit Spiritus, legte ein Tuch darüber und stellte alles hinter die schräge Abseite unserer Wohnung. Ab und zu sah ich nach, ob sie noch da war. Ja, sie war da, dachte ich. Ich sah nach, um festzustellen, ob der Rost sich schon gelöst hatte. Statt der Pistole steckte ein kleines Stück Holz in der Dose. Es sah genauso aus wie der Griff der Pistole. Da läuteten bei mir die Alarmglocken. Wo mochte der Manfred die Pistole versteckt haben? Fragen konnte ich ihn nicht, denn während der Woche war ich auf der Insel Fehmarn stationiert und kam nur am Wochenende zurück nach Neustadt. Nun, meine Frau hatte eine Überraschung für mich. Als ich das Zimmer betrat, sagte sie: „Schau mal, was ich habe", und hielt mir die Pistole vor den Bauch. Die Überraschung war mehr als gelungen. Sie war sogar so groß, dass ich fast erstarrt wäre. Schnell nahm ich ihr die Waffe ab, zog den Ladeschlitten zurück und bekam dann erst den richtigen Schreck: Aus dem Lauf sprang eine Patrone, das hieß, dass die Pistole scharf geladen war. Ein Glück, dass der Hahn nicht gespannt war, da hätte eine leichte Berührung gereicht, um einen Schuss auszulösen und ich hätte ein Loch im Bauch. Natürlich habe ich gleich Herrn Kohn davon berichtet. „Behalten sie das Ding oder schmeißen sie es weg", sagte er aufgeregt zu mir. „Was hätte da alles passieren können?"

Meine Endscheidung war gefallen, ich behielt die Pistole, für mich war sie historisch. In dem kleinen Waffengeschäft auf Fehmarn hatte ich dann zwei neue Griffschalen und einen neuen Verriegelungsbolzen gekauft. Nach dem neuen Waffengesetz habe ich die Pistole dann registrieren lassen und eine Waffenbesitzkarte erhalten. Nun gehörte sie also rechtlich mir. Selbstverständlich ist sie bis heute in einem richtigen Waffenschrank aufbewahrt, an dem niemand ran kann.

Schwester Erna hatte sich mit ihrem Mann Robert zu einem Besuch auf Fehmarn angemeldet. Wir freuten uns darüber, da wir ein Gästezimmer hatten, wo sie gut untergebracht wären. Am Wochenende waren wir immer bei den Schwiegereltern in Neustadt, und als wir am Sonntagabend zurück auf Fehmarn waren, lag ein Telegramm im Briefkasten. Erna schrieb, dass sie in Bremerhaven seien und auf uns warten würden. Wir haben geantwortet, dass wir sie mit dem Auto abholen würden. Jetzt wurde es aber Zeit! Also, schnell ins Auto und ab nach Bremerhaven, das heißt, drei Stunden Fahrt dorthin. Dort angekommen war von Erna keine Spur. Wir wussten nur, dass sie mit einem Truppentransporter gekommen waren. Also ab zum Hafen, aber auch hier war niemand zu sehen. So haben wir uns durchgefragt und schließlich erfahren, dass sie hier waren und auf uns gewartet hatten. Als wir aber nach geraumer Zeit nicht kamen, seien sie dann mit dem nächsten Zug nach Kaiserslautern gefahren. Zwischenzeitlich war es schon nach Mitternacht geworden, und wir machten uns auf den Rückweg nach Fehmarn. Müde von dem Stress und enttäuscht umsonst gefahren zu sein, erreichten wir im Morgengrauen die Fehmarnsund-Brücke.

Klatsch!, machte es plötzlich. Was war das? Der Schreck fuhr in unsere müden Glieder. Eine große Möwe war gegen unsere Windschutzscheibe geflogen. Ev war schon im Halbschlaf und fuhr wie von der Tarantel gestochen hoch. Auch ich habe mich furchtbar erschreckt. Müde und erschöpft fielen wir dann ins Bett und haben den halben nächsten Tag verschlafen. Als ich wieder aufgewacht war, habe ich erstmal die Windschutzscheibe von der zermatschten Möwe gereinigt.

Am 2. Oktober1962 wurde ich zur Unteroffiziersschule nach Plön versetzt. Unser Sportlehrer war krankheitsbedingt ausgefallen und da man an meinem Sportanzug das Zeichen der Sportschule sah, war klar, dass ich die Sportstunde übernehmen musste. Das kam mir natürlich sehr gelegen. Nun konnte ich zeigen, was ich an der Sportschule gelernt hatte. Sicher, alles, was ich machte, war natürlich hundertprozentig. In diesem Falle sagte mir mein Ehrgeiz allerdings, sogar 200 %-ig sein zu müssen. Es wäre besser gewesen, ich hätte mich ein wenig zurückgenommen. Aber viele meiner Kameraden kannten mich ja schon von der Rekrutenausbildung und der Zeit danach, als ich als Sportausbilder tätig war. Also wollte ich besonders gut sein, und da passierte es, was nicht hätte sein brauchen: Ich verdrehte mir das rechte Bein und brach mir von der Miniskusscheibe ein Stück ab. Die Sportstunde war gelaufen und ab ging es ins Krankenrevier. Nach einer Woche schickte man mich nach Hamburg ins Bundeswehrlazarett. Ein erfahrener Oberstabsarzt aus dem zweiten Weltkrieg operierte mein Knie, und nach einer Woche konnte ich schon wieder ein wenig rumlaufen.

In dieser Zeit ereigneten sich zwei wichtige Dinge in meinem Leben: Zum einen begann die Kubakrise, zum anderen - was viel wichtiger war - wurde meine Tochter Martina geboren. Aber das war noch nicht genug. Ich wurde während der Zeit im Lazarett auf die Insel Fehmarn nach Staberhuk versetzt und hatte auch gleich eine Wohnung zugewiesen bekommen. Um die Zeit in Hamburg nicht langweilig werden zu lassen, spielten ein Hauptmann vom Heer, ein Oberfeldwebel und meine Wenigkeit jeden Vormittag und Nachmittag eine Runde auf dem lazaretteigenen Minigolfplatz Golf. Schon nach sehr kurzer Zeit waren wir so gut, dass wir täglich immer mehr Zuschauer im Schlepptau hatten. Die faule Zeit in Hamburg ging vorbei und ich fuhr direkt nach Burg auf Fehmarn, bei den Einheimischen auch "Knust" genannt.

Wegen meiner Knieverletzung musste ich die Unteroffiziersschule in Plön abbrechen und kam stattdessen am 08.01.1962 nach Bremerhaven zum fachlichen Bootsmannslehrgang. Die Unteroffiziersschule Plön konnte ich kurz danach wiederholen, was normalerweise immer vor dem Fachlehrgang kommt.

In Bremerhaven schloss ich mich auch gleich dem hiesigen Judo-Club an. Nach kurzer Trainingszeit bekam ich ohne Prüfung den braunen Gürtel verliehen. Der Trainer meinte in seiner Laudatio: „Einer, der unsere Braungurte im Training ständig besiegt, kann nicht mit dem blauen Gürtel auf der Matte stehen."

Als ich dann wieder auf Fehmarn war, bekam ich regelmäßige Einladungen, um in der Bremerhavener Mannschaft mitzukämpfen. Das gefiel mir natürlich sehr, da ich für die Mannschaft eine wirkliche Verstärkung war.

Auf Fehmarn gründete ich gleich einen Judo-Club. Der Landesverband schenkte uns eine neue Judomatte, so konnten wir auch gleich mit dem Training beginnen. 1966 legte ich dann in Lübeck die Prüfung zum 1. Dan "Schwarzer Gürtel" ab.

Eines Tages kam einer der Lords zu mir und sagte: „Herr Oberbootsmann, da draußen schwimmt ein Mann mit einem Schlauchboot im Schlepptau, der kommt aber nicht näher."

Wir hatten in einem Zimmer zur Seeseite ein starkes Fernglas auf einem Stativ aufgebaut. Ich schaute mir den Schwimmer eine Zeit lang an und stellte fest, dass er sich immer weiter vom Land entfernte. Wir hatten starken ablandigen Wind, das heißt, der Wind wehte vom Land aus in Richtung Meer. Ich nahm mir einen kräftigen Soldaten und ruderte in einem kleinen Ruderboot aus Leichtmetall, das eigentlich nur für eine Person gedacht war, zu dem Schwimmer auf See hinaus. Sein Außenbordmotor hatte den Geist aufgegeben, und nun wollte er an Land schwimmen. Dieser Mann wollte sich aber zu unserem Erstaunen nicht helfen lassen. Er war sich sicher, dass er es noch allein geschafft hätte. Ich versuchte ihm klarzumachen, dass der Wind ihn immer weiter aufs Meer hinaustreiben würde. Er blieb uneinsichtig. So musste ich ihn regelrecht mit Gewalt ins Boot ziehen. Wir mussten uns kräftig ins Zeug legen, um gegen den Wind anzurudern. Als wir dann am Strand angekommen waren, brach der junge Mann entkräftet zusammen. Ich konnte mir die Polemik nicht verkneifen und provozierte ein bisschen: „Und Sie hätten es allein bis um Strand geschafft?"

Der Mann bedankte sich nicht einmal. Die See war durch den starken Wind ziemlich rau, und der Mann war sich nicht darüber im Klaren, dass wir uns selbst durch diesen Einsatz für ihn in Gefahr gebracht hatten. Er war auch nicht in der Lage, allein ins Schlauchboot zu klettern. Hätten wir die Küstenwache in Neustadt gerufen, wären sie frühestens erst eine Stunde später vor Ort gewesen. Wir hatten also keine andere Wahl als selbst zu handeln, um den geschwächten Schwimmer aus seiner misslichen Lage zu befreien.

Kakerlaken auf dem Knurrhahn

Besonders unangenehm war es, wenn wir wieder bei Eiseskälte von den Einsätzen in Kiel eingelaufen waren. Am schlimmsten war es, dann mit durchgeweichter Kleidung und klammen Fingern die vor der Fahrt eingebauten Antennen wieder ab-

Das Boot „Knurrhahn"

zubauen. Untergebracht waren wir auf dem Wohnschiff Knurrhahn. Das Ding sah überhaupt nicht wie ein Schiff aus. Immerhin war es drinnen sehr warm und so kam es, dass wir jede Menge „Untermieter" hatten. Wenn man abends von Land nach Hause kam und in den Waschraum wollte, war dieser von unzähligen Kakerlaken belegt. Ich wage zu behaupten, es waren Tausende, und es gab keinen Platz, auf dem man seinen Fuß hätte widerstandslos abstellen können. Aber nicht nur im Waschraum waren diese lieben Tierchen, sie fühlten sich auch in der Kombüse sehr wohl. Kritisch schaute man bei den Mahlzeiten auf seinen Teller, ob da wohl ein solcher „Mitesser" anwesend war. Die kleinen Ungeheuer hatten aber auch ihre guten Seiten: sie halfen z.B. bei der Freizeitgestaltung mit. Abends veranstalteten wir im Fernsehraum mit ihnen Wettrennen. Damit sie auch losrannten, wurden sie mit einem Strohhalm angestoßen und zur Vorwärtsbewegung animiert.

Alarm in Staberhuk

Es war schon ziemlich spät, ich hatte gerade an diesem Abend OVD, plötzlich kam einer meiner Lords ganz aufgeregt zu mir und sagte, dass er vor dem Tor überfallen worden sei. Er war gerade vom Landgang zurückgekommen. Außerdem sei auch die Wache vorne am Tor überfallen worden. Von meinem Dienstzimmer aus konnte ich das Wachgebäude sehen, aber nichts deutete darauf hin, dass etwas nicht in Ordnung war.

Was ich nicht sehen konnte, war, dass ein Unteroffizier im Türrahmen stand und mit einer Pistole die Wachleute in Schach hielt. Vor dem Wachraum war nämlich noch ein Flur, dessen Eingangstür verschlossen war, weshalb ich den Unteroffizier nicht sehen konnte.

Plötzlich gingen am Antennenmast und am Gebäude mit den Notstromaggregaten und anderen Stellen Rauchbomben hoch. Spätestens jetzt wurde mir klar, dass wir überfallen wurden. Schnell löste ich Alarm aus und die Soldaten kamen zum Teil im Schlafanzug und mit Stahlhelm und Gewehr nach draußen gestürmt. Ich verteilte die Soldaten an verschiedene Plätze und befahl ihnen, ihre Gewehre durchzuladen.

Man hörte das Durchladen der Gewehre aus verschiedenen Richtungen; es hörte sich gefährlich an. In der Zwischenzeit wurde der Unteroffizier im Wachhaus festgenommen. Es gab eine große Diskussion, einer der Lords rief sogar: „Stecht ihn ab, jagt ihm das Messer durch die Rippen!"

Jetzt ging es erst richtig los. Lautes Geschrei von außerhalb des Geländes: „Stopp, Stopp, nicht schießen, es ist nur eine Übung."

Mehrere Soldaten in Kampfanzügen stürmten herein, unter ihnen ein Kapitänleutnant. Der vorher gefasste Unteroffizier wurde von vielen meiner Leute umringt und sah sich in einer brenzligen Lage.

Der Kapitänleutnant kam zu mir und fragte mich ganz aufgeregt, ob wir denn von dem Überfall nicht informiert worden waren. Natürlich nicht, uns war nichts davon bekannt, sonst hätten wir natürlich anders reagiert.

Nachdem der Befehl zum Durchladen der Gewehre gegeben wurde, hatten die Soldaten natürlich Angst, es würde scharf geschossen. Sie wussten natürlich nicht, dass die Gewehre nicht geladen waren. Jetzt wurde mir klar, warum die Munition vor einigen Tagen zwecks Überprüfung nach Kiel gebracht wurde. Nur ich als Wachhabender hatte meine 8 Schuss im Magazin der Pistole P1.

Schließlich fanden wir uns alle in unserer Bar wieder und lösten die Situation auf.

Es waren Kampfschwimmer, die uns überfallen hatten. Sie waren vom Wald und vom Wasser hergekommen. Einige der Leute kannte ich noch von der Ausbildung her, und so war es dann noch ein vergnügter Abend bzw. eine feucht-fröhliche Nacht.

Was war geschehen? Unser Dienststellenleiter wollte nachweisen, dass unsere Dienststelle nicht genug abgesichert war. So hat er mit den Kampfschwimmern vereinbart, unsere Dienststelle zu überfallen. Es war aber auch vereinbart, dass wir davon informiert wurden und wüssten, dass der Überfall käme. Nur wann es so weit wäre, sollte offenbleiben. Und damit nichts passierte, ließ unser Chef die Munition unter dem Vorwand, sie müsse überprüft werden, nach Kiel abtransportieren.

Also hatte ich ein ernstes Gespräch mit meinem Chef. Das Ergebnis war, dass er nur darüber lächelte und meinte, dass doch alles gut geklappt habe. Ich könne voll zufrieden sein. Dass unsere Soldaten sich vor Angst fast in die Hosen gemacht hätten, zählte nicht. Sie waren schließlich alle noch sehr jung und hatten noch nie in ihrem Leben vor einer so ernsten Situation gestanden.

Trotz allem war die ganze Sache ein voller Erfolg. Die Dienststelle wurde mit amerikanischem Stacheldraht abgesichert, und unser Oberleutnant hatte seine Genugtuung.

Die Trave

Wieder einmal waren wir von Staberhuk an der Reihe, eine Mannschaft für den Einsatz in der Ostsee zu stellen. Die Fahrten mit den Schnellboten waren vorbei. Der Einsatz wurde mit der „Trave" durchgeführt, einem umgebauten Fischdampfer, der am Anfang der Bundesmarine als Kadettenausbildungs-  schiff unterwegs war. Man hatte das Schiff in der Mitte auseinandergeschnitten und ein Zwischendeck für die Kadetten eingebaut.

Nachdem die Gorch Fock in Dienst gestellt wurde, stand die Trave für unsere Aufklärungsfahrten zur Verfügung. Der Vorteil gegenüber den Schnellbooten war, dass wir drei Wochen anstatt fünf Tage unterwegs sein konnten. Die Trave konnte zwanzig Mann Besatzung fassen, und wir Aufklärer waren zusätzlich mit zwanzig Leuten zugestiegen. Davon waren wir zehn Radarerfasser und zehn Funker. Ich war Einsatzleiter und Kommandant. Kapitänleutnant Decker wählte die Einsatzorte nach meinen Vorgaben. Das heißt, wir hatten uns vorher beraten, welchen Kurs und welches Ziel wir ansteuerten.

Vor uns entdeckten wir ein russisches U-Boot mit einem Begleitschiff, die Sonarversuche durchführten (Sonar = Unterwasser Horch).

Neugierig, wie wir waren, hielten wir uns in ihrer Nähe auf, um deren Treiben zu beobachten. Das U-Boot tauchte unter und kam nach etwa einer viertel Stunde wieder hoch. Mit der Klappbuchse (Lichtsignalgeber) wurden wir vom Begleitboot auf Englisch gebeten unser Echolot auszuschalten. Wir überlegten, ob wir der Bitte folgend sollten oder nicht. Nach zehn Minuten entschieden wir uns, das Echolot abzuschalten. Prompt kam ein Dankeschön herüber und man wünschte uns eine gute Fahrt. Mit anderen Worten: „Fahrt weiter, Ihr stört uns." Nur zögernd kamen wir diesem Wunsch nach, schließlich bewegten wir uns in Richtung Osten weiter. Aber die Russen wollten uns nicht ungestraft davonkommen lassen. Es dauerte nicht lange, bis wir für unsere Frechheit einen Denkzettel bekamen.

Ich lag in meiner Koje und hielt meinen Gesundheitsschlaf. Es war früher Morgen, die Sonne war noch nicht aufgegangen. Plötzlich fing das Schiff derartig an zu schaukeln, dass ich fast aus der Koje geflogen bin. Eiligst erreichte ich das Oberdeck, um nach dem Rechten zu sehen. Ich traute meinen Augen nicht! Was ich da sah, war ungeheuerlich, auf jeden Fall nach meiner Auffassung. Da umkreisten uns doch tatsächlich drei russische Zerstörer und verursachten einen derartigen Wellengang, dass man meinen konnte, unser Kahn würde gleich kentern. Ich glaube, niemand hatte da noch geschlafen. Auch dauerte dieses Manöver nur einige Minuten, die uns allerdings voll und ganz gereicht hatten. Der Schreck saß uns noch lange in den Gliedern. Nun, man sieht, auch die Russen hatten Humor, und das sollte nicht unsere einzige Begegnung gewesen sein.

Höflich waren die Russen allerdings auch. Sie wussten, was es bedeutete, ein Seemann auf dem Meer zu sein. So begegneten wir beispielsweise eines Tages einem russischen Kreuzer, was selten in der Ostsee vorkam. Natürlich wussten sie über uns Bescheid, und sie kannten auch unsere Aufgabe. Nichtsdestotrotz standen alle Matrosen zum Flaggengruß an der Reling und salutierten bei der Vorbeifahrt. Aber auch wir standen komplett und salutierten zurück, während die Flaggen gedippt wurden. (Flaggen dippen heißt, dass die Flagge am Heck des Schiffes kurz eingezogen und wieder hochgezogen wird. Das macht man zur Begrüßung).

Meine schrecklichste Fahrt

Es war Winter und wir waren auf dem Wege zu unserem Einsatzort in der östlichen Ostsee. Wir hatten ziemlich starken Wind, so zwischen Windstärke 7 und 8, die See war rau und wir schaukelten hin und her. Es war eisigkalt, das Oberdeck war mit einer Eisschicht bedeckt. Die Mannschaft musste mit Äxten und Beilen immer wieder das Deck vom Eis befreien, was keine schöne Aufgabe war. Diese Arbeit war aber notwendig, da das Schiff zu schwer wurde und wir bei schwerer See Problem hätten bekommen können. Und schwere See gab es von Tag zu Tag immer mehr. Die Windstärke stieg auf Stärke 11 und 12 an, die See brodelte wie in einem Hexenkessel. Wir fuhren tagelang zwischen Schweden und Gotland auf und ab, es war allerdings nicht möglich, irgendwelche Messungen bzw. Aufklärung zu betreiben. Jedes Mal, wenn die

Trave ihren Kurs änderte, wuchs unsere Spannung, denn wir wussten nicht, ob wir kentern würden oder sich das Schiff wiederaufrichtete. Wir hatten Glück. Da die Trave voll gebunkert war, hatte sie großen Tiefgang und lag somit sicher im Wasser. Einmal war die Lage sehr kritisch: ich sah, wie der Kommandant mit seiner Schwimmweste zum Oberdeck eilte. So ergriff ich schnell meine Schwimmweste, die immer griffbereit auf meiner Koje lag, und eilte hinterher.

Kommandant Decker war ein erfahrener Seemann. Wenn er mit seiner Schwimmweste nach oben raste, setzte er das Signal, dass die Lage sehr ernst war. Aber es ging alles gut und wir konnten wieder aufatmen. Trotzdem hatten wir ein großes Problem: Ein Großteil der Mannschaft war seekrank. Wir hatten ja nur einen Sanitäter an Bord und der hatte alle Hände voll zu tun. Die Leute, die sehr stark seekrank waren, wollten über Bord springen und mussten teilweise angebunden werden, sie waren nur schwer zu bändigen.

Plötzlich blies am frühen Morgen kein Wind mehr und die See war spiegelglatt, sodass alle aufatmeten. Ich setzte mich mit dem Kommandanten zusammen und beriet unseren nächsten Einsatzort. Die Mannschaft wollte unterdessen diese Ruhe feiern und fing an einen Fernmeldecocktail zu mixen. Sie nahmen eine Suppenterrine, die sie mit Bier, Wein, Schnaps, Likör, rohen Eier, Pfeffer, Salz und Paprika, Tomatenketchup füllten. Das alles wurde umgerührt, ein paar Stunden ziehen gelassen und dann getrunken. Ich würde sagen, dass es eine Mutprobe war, so etwas zu trinken, aber die braven Seeleute wollten es wissen - und zwar je verrückter, desto besser. Es schmeckte abscheulich, aber sie ließen sich nicht davon abhalten, dieses Teufelszeug zu trinken. Nun, die Wirkung blieb nicht aus, die halbe Mannschaft war betrunken, und das Übel kam dann auch gleich am nächsten Tag. Wie bisher kam starker Wind auf, die See tobte und es war so schlimm wie die Tage zuvor, Windstärke 11 und 12. Ein großer Teil der Besatzung war außer Gefecht gesetzt und musste zum Teil wieder angebunden werden, damit keiner über Bord ging. Ich muss gestehen, mir war auch speiübel und ich lag zum größten Teil in der Koje, an Arbeiten war bei dem Seegang so wie so nicht zu denken.

Eine Katastrophe war das Einnehmen der Mahlzeiten. In unserer Pantry war es sehr eng. Während des Essens kam man nicht raus, da alle sonst hätten aufstehen und rausgehen müssen. Immer, wenn das Schiff in ein Wellental eintauchte, ging das Achterdeck nach oben und man musste aufstehen, den Teller anheben und hochhalten, sonst hätte das Essen den Teller verlassen. Schlecht war es einem dabei auch, draußen essen ging auch nicht, denn da wäre man gleich auf dem Glatteis ausgerutscht und außerdem hätte man sich am heißen Teller die Finger verbrannt. Also blieb man drin und kämpfte weiter mit der Übelkeit und dem Essen - was sollt´s. Ich war froh, als wir wieder in Flensburg eingelaufen waren und ich festen Boden unter den Füßen hatte.

Eines Tages trat Kapitän zur See Budde an mich heran und wollte mich für den Bundesnachrichtendienst abwerben. Da wir schon seit einigen Jahren in Zusammenarbeit mit dem BND elektronische Aufklärung betrieben und man Fachleute für eine neue Dienststelle benötigte, waren wir, die bereits auf dem Gebiet arbeiteten, das geeignete Personal. Nach reichlicher Überlegung entschied ich mich für diesen Weg. Da meine Dienstzeit nach 12 Jahren bei der Marine zu Ende ging, besuchte ich vorher die Bundeswehrfachschule in Kiel und erwarb zum Abschluss die Mittlere Reife.

Die Sicherheitsüberprüfung beim BND dauerte ein Jahr. In der Zwischenzeit und als zweites Eisen im Feuer trat ich in die Bundeswehrverwaltung als R-Asst.-Anwärter ein. Ich besuchte die BW-Verwaltungsschule in Huntlosen (in der Nähe von Oldenburg in Oldenburg). Anschließend wurde ich nach Neustadt in Holstein zur Standortverwaltung versetzt. Zweimal musste ich nach München zum Vorstellungsgespräch reisen, dann kam die Einstel-

Aufkleber des BND

lung zum 1. Oktober 1968. Mein neuer Dienstort war Breisach im Breisgau, im Ionosphären Institut bei der Bundesstelle für Fernmeldestatistik. Diese Dienststelle war vorher der Deutsche Post angegliedert und betrieb reine Ionosphärenforschung.

Bevor ich aber nach Breisach kam, stieg ich in Söcking bei Starnberg in einen laufenden Lehrgang ein. Hier erhielt ich eine Einweisung über mein zukünftiges Aufgabengebiet in Breisach. Gleich am ersten Tag erlebte ich eine Überraschung: Ich erhielt einen neuen Namen. Ich musste zum Dienststellenleiter, er empfing mich sehr freundlich und sagte mir: „Ab jetzt heißen Sie ‚Reisinger' und ich wünsche Ihnen einen schönen Aufenthalt an dieser Schule, Herr Reisinger".

Nun ja, ich und einen Bayrischen Namen, das war schon ein wenig komisch, es brauchte einige Zeit, bis ich mich daran gewöhnt hatte. Zu der Zeit war nicht bekannt, dass die Dienststelle in Breisach zum BND gehörte. Da einige Bedienstete aus Breisach und dem Kaiserstuhl kamen, wurden wir nicht mit dem Decknamen angesprochen, sondern mit unseren Klarnamen.

Gleich, nachdem ich geheiratet hatte, schloss ich einen Bausparvertrag bei der Landesbausparkasse ab. Ich wollte, wenn ich die Marine verlassen sollte, ein Haus bauen. Nach zwölf Jahren war meine Entscheidung gefallen, dass ich der Bundesmarine den Rücken kehren werde. Ich wechselte zunächst allein meinen Wohnsitz nach Breisach am Rhein. Während ich mich nach einer geeigneten Wohnung umsah, wohnte ich in einem kleinen Zimmer in der Nähe meiner Dienststelle. Es dauerte nicht lange, da erhielt ich eine 4- Zimmer-Wohnung in Freiburg. Nachdem meine Familie nachgekommen war, machten wir uns auf die Suche nach einem Bauplatz. Der Zufall führte uns nach Umkirch, wir waren im richtigen Moment am richtigen Ort. Auf der Straße im Schwenkenland stand ein Mann, der uns davon in Kenntnis setzte, dass hier neue Häuser gebaut werden. Das sei aber alles privat, fügte er hinzu.

„Gibt es denn noch Bauplätze?", fragte ich.

„Da müssten sie mal beim Bürgermeister nachfragen", sagte er.

Also auf zum Bürgermeister. Schnell bekamen wir einen Termin und einen Tipp. „Wenn Sie in der Gegend, wo gebaut wird, ein Stück Land besitzen, haben Sie einen Anspruch auf einen Bauplatz. Ich gebe ihnen die Adresse einer

Frau, die dort eine Wiese hat, die genau im Baugebiet liegt. Versuchen Sie ihr ein Stück abzukaufen, denn die bauen nicht."

Ich muss dazusagen, der Bürgermeister war daran interessiert, neue Leute nach Umkirch zu locken. Es stand die Wahl vor der Tür, ob Umkirch zu Freiburg eingemeindet werden sollte, das wollten die Umkircher Bürger allerdings nicht.

Nun, der Bürgermeister ging mit uns nach draußen und zeigte uns, wo die Frau mit der Wiese wohnte.

„Guten Tag, wir sind die Familie Herz und haben gehört, sie haben eine Wiese zu verkaufen, wir würden gerne bauen und Ihnen die Wiese abkaufen."
Ich hatte den Eindruck, die Frau hatte noch nicht darüber nachgedacht die Wiese zu verkaufen. Da kam ihr Mann ins Spiel, er hat uns zugehört und gefragt, woher wir kommen.
Ich antwortete: „Aus Danzig und meine Frau aus Lauenburg Pommern."
„Ich komme auch aus Pommern", sagte er. Er sei als Soldat hier gelandet und hiergeblieben. „Mutter", sagte er, „bring mal eine Flasche Likör", und es entwickelte sich eine lebhafte Unterhaltung. Er schlug sich gleich auf unsere Seite und sagte zu seiner Frau: „Mutter, verkauf den jungen Leuten die Wiese, wir brauchen sie doch nicht."
Schnell habe ich einen Notartermin in Freiburg gemacht und bin mit der Frau dort hingefahren. Die Wiese war acht Meter breit und hundert Meter lang, die Hälfte davon lag im Baugebiet, und so hatte ich Anspruch auf einen Bauplatz. Mein Sportskollege Hans Degebrodt vom Freiburger Judo-Club war Architekt und gleich bereit mir zu helfen. Mein Bruder Werner war ja Maurer und hatte sich auch bereit erklärt mit anzupacken. Auch Bruder Robert war mit dabei, er kümmerte sich um die Mischmaschine und sorgte dafür, dass wir immer genug Mörtel zur Verfügung hatten. Zuerst wollten wir ein Fertighaus bauen, aber der Architekt hatte mich schnell davon überzeugt, dass wir mit dem Geld massiv bauen konnten. Gesagt, getan, aber bis zum ersten Spatenstich, verging noch eine geraume Zeit.
Nachdem die Entscheidung gefallen war, dass wir bauen werden, kümmerte sich meine Frau Ev um die Finanzierung. Ich fing sofort an ein Modell des Hauses zu basteln. Ich wollte es erst aus Streichhölzern bauen, der Zeitaufwand war aber zu groß, sodass ich mich damit begnügen musste, wenigstens das Flachdach aus Streichhölzern anzufertigen. Ich war froh, dass sich Ev um

den ganzen Schriftkram kümmerte. Das machte ihr Spaß, und das lag ihr sehr. Aber auch bei der Innengestaltung legte sie geschickt Hand an. Sie packte überall mit an, und so waren wir beide ohne Pause ständig im Einsatz. Nicht zuletzt befestigte sie die Holzdecke im Wohnzimmer zusammen mit Fräulein Markowski, einer Arbeitskollegin, allein.

Der Hausbau lief allerdings nicht immer ganz glatt. So wohnten wir anfänglich im Keller, da im oberen Geschoss nur die Türen fertig waren. Die Küche war noch nicht da und auch das Parkett im Wohnzimmer musste noch verlegt werden. Dieses provisorische Wohnen war aber auch sehr abenteuerlich und je mehr fertig wurde, desto mehr freuten wir uns.

 Die Baugrube war ausgehoben, die Fundamentgräben waren wie mit einer Schnur gerade gezogen, von mir waren sie mit dem Spaten ausgehoben. Der Fertigbeton für die Bodenplatte konnte kommen. Benötigt wurden 9 Kubikmeter Beton.

Der Tag war sehr heiß, ich hatte keine Mütze auf, sodass die Sonne ununterbrochen auf meinen Kopf schien. Der Platz für den Heizungskeller war 50 cm tiefer als das Fundament. Hier soll ein geschweißter Öltank stehen und weil eine kleine Wasserader schräg durchs Grundstück verlief, war dieses kleine Loch schnell vollgelaufen. Bis der Beton kam, habe ich mit einem Eimer die Grube leer geschaufelt, das heißt, immer auf der einen Seite in den Eimer gefüllt und auf der anderen Seite der Straße wieder ausgeleert. So habe ich vor lauter Arbeit die hochsteigende Sonne nicht beachtet.

Der Betonmischer kam und lud mir 9 m³ Fertigbeton in die Baugrube. Mir wurde es plötzlich übel, also setzte ich mich kurz ins Auto. Meine Glieder wurden schwach, an Arbeiten war jetzt nicht zu denken. Nach einer Weile drehte ich meinen Kopf nach rechts und sah meinen Beton grau werden, das hieß, er fing an hart zu werden. Ich war noch nie so schnell aus dem Auto ausgestiegen, wie jetzt, raste zu meiner Schubkarre und begann den Beton zu verarbeiten. Jetzt kam es auf Schnelligkeit an, und das bei der großen Hitze, die an diesem Tag herrschte. Die Nachbarin Frau Mutschler sah, wie ich mich quälte und schwitzte, sie versorgte mich mit kühlem Wasser. Die letzten Betonreste habe ich ständig mit Wasser begossen und mit der Harke kratzend verteilt. Zum Schluss war ich fix und fertig. Aber, ich habe das Unmögliche geschafft und 9 m³ Beton allein zu einer Bodenplatte verarbeitet.

Ein schönes Gefühl war dann der Moment, wo Werner den ersten Stein gesetzt hat.

Robert bediente fleißig die Mischmaschine, um den Mauermörtel gewissenhaft vorzubereiten. Als dann der Keller fertiggestellt war, tauchte das erste Problem auf. Etwas stimmte mit der Kanalisation nicht, der Schmutzwasserkanal lag zu hoch, das heißt, wir mussten eine Pumpe einbauen. Der Regenwasserkanal lag zu tief, das hätte genau umgekehrt sein müssen. Kalter Schweiß lief mir den Rücken herunter. Es war wohl besser, dass ich erstmal zum Bauamt der Gemeinde ging und mir mal die Straßenpläne zeigen ließe. Tatsächlich waren die Bezeichnungen im Kanalplan falsch eingetragen, der Abwasserkanal lag tatsächlich tiefer als der Regenwasserkanal. Nun konnte ich beruhigt aufatmen, alles hatte seine Richtigkeit und mein Humor trat wieder in Erscheinung wie das nebenstehende Foto beweist.

Mein Architekt brachte mir immer neue Baupläne und sagte: „Wenn du das geschafft hast, dann schaffst du das hier auch".

So musste ich immer neue Arbeiten bewerkstelligen und lernte so einiges dazu, wofür ich heute dankbar bin. Natürlich kamen mir manches Mal Zweifel an dem, was ich gemacht habe. Z.B. habe ich die Abwasserrohre vom Haus bis zur Straße selbst gelegt. Verwendet habe ich dazu Tonrohre, immer Meter für

Meter in der Garageneinfahrt. Doch dann war ich mir nicht mehr sicher, ob ich genug Gefälle hatte. Der Graben, in dem die Rohre lagen, war schon zugeschippt und

geschneit hatte es auch noch. Also machte ich mich an die Arbeit und hob den Graben von Hand wieder aus. Ich stellte dann fest, dass ich genug Gefälle hatte und konnte alles wieder zuschaufeln. Aber dem nicht genug: Als der Keller schließlich fertig war, hatten wir doch tatsächlich die Öffnungen für die Rohrleitungen im Mauerwerk und Türstürzen vergessen. Das Problem war, wir hatten die Türstürze selbst gegossen und jede Menge Eisenstäbe eingearbeitet. So verbrachte ich die Wochenenden damit, Ausbuchtungen mit einer großen Flex in den harten Stein zu schneiden. Ende Oktober 1972 sind wir dann endlich in unser neues Haus eingezogen. Alle Erlebnisse, die sich beim Bau dieses Hauses ereignet hatten, aufzuschreiben, würden den Rahmen dieses Buches sprengen.

Da meine Leidenschaft dem Judosport galt, habe ich mich gleich beim Freiburger Judo Club angemeldet. Schon bei der ersten Vereinsmeisterschaft belegte ich den ersten Platz, und nach kurzer Zeit wurde ich Trainer für die Mädchengruppe. Nebenbei trainierte ich die Judogruppe bei der Freiburger Turnerschaft. 1979 gründete ich dann eine eigene Judo-Schule in Umkirch. Ein ganzes Jahr trainierten wir in der Turnhalle, und von Anfang an hatte ich 50 Jugendliche und Erwachsene. 1980 zogen wir dann in die neu geschaffenen Räume, die ich selber ausgebaut habe; gleichzeitig gründete ich am 03. März 1980 das Judo-Sport-Centrum. Dieser Schritt war deshalb wichtig, da ich nur als Verein Zuschüsse vom Sportverband bekomme.

Mein Traum war immer ein eigenes Dojo (Judo Trainingsraum) zu haben mit einem Clubraum mit Fenster, durch das die Eltern ihren Kindern beim Training zuschauen konnten. Der Zufall brachte mich mit Herrn Schreppler zusammen. Seine beiden Kinder waren von Anfang an bei der Judogruppe dabei. In der Feldbergstraße in Umkirch stand ein Rohbau leer; hier sollten einige Kioske entstehen. Die Räume mussten erst vom Landradsamt für den Sport freigegeben werden. Da ich im Besitz der staatlichen Übungsleiterlizens war, wurde die Genehmigung erteilt. Die nächste Hürde war die Absegnung der Gemeinde Umkirch. Hier hatte ich mit keinem Hindernis zu rechnen – so dachte ich zunächst. Bei der Anhörung im Gemeinderat waren plötzlich 20 Leute, die ich nicht kannte, anwesend, und die gegen mein Vorhaben protestierten. Sie lehnten es mit der Begründung ab, dass ich nur der Strohmann sei. Ihr Vorwurf lautete, dass in dem Gebäude in Wirklichkeit eine Diskothek eingerichtet werden sollte und damit ein großer Geräuschpegel entstehen würde.

Ich versuchte im Nachhinein mit der Eigentümergemeinschaft ins Gespräch zu kommen, um mein Vorhaben zu erklären. Die Vorsitzende der Eigentümervertretung teilte mir schriftlich mit, dass bei der Eigentümerversammlung mein Vorschlag, mit ihnen zu reden, abgelehnt worden sei. Nun blieb mir nur noch die Möglichkeit, über den Tanzclub an mein Ziel zu kommen, aber auch das Vorhaben des Tanzclubs wurde abgelehnt. Immerhin schafften sie es wenigstens, dass der Vorsitzende des Tanzclubs Herr Schlegel (er war der Chef der Elektrofirma Zander, ein seriöser Mann) mit den Anwohnern sprach. Schließlich konnte der Tanzclub bauen. Aber das Unternehmen war auch für den Tanzclub singulär zu groß. So nahm es uns als Untermieter mit ins Boot. Damit die Anwohner davon nichts mitbekamen, führte ich die Kinder nach draußen und versuchte sie ruhig zu halten. Ein Jahr mussten wir durchhalten, dann war die Möglichkeit eines Einspruchs der Anwohner abgelaufen. Der Mietvertrag mit dem Tanzclub wurde für fünf Jahre abgeschlossen. Über diesen Zeitraum blieb die Miethöhe konstant. Nach Ablauf der fünf Jahre hatte ich mich mit dem Tanzclub überworfen. Abmachungen, die vorher vereinbart wurden, hatte der Tanzclub nicht eingehalten, worüber ich sehr verärgert war. Ich habe an das gegebene Wort geglaubt. Mein Entschluss stand fest: Ich würde den Vertrag nicht verlängern und stattdessen mit der Besitzerin, Frau Vennemann, einen eigenen Vertrag abschließen. Bei einem Treffen mit der Besitzerin versuchte ich ihr klar zu machen, dass wir ein kleiner Club seien und überwiegend Kinder trainieren, wodurch der Club daher auch nicht über viel Geld verfüge. Es überraschte mich, dass Frau Vennemann gar nicht wusste, wie viel wir an Miete bisher bezahlt hatten. Diese Angelegenheiten hatte ihr Finanzberater erledigt. Ich drückte ein wenig auf die Tränendrüse und Frau Fennemann wollte sich, was den Mietvertrag anging, etwas überlegen. In der Zwischenzeit sind 33 Jahre vergangen, und wir haben bis heute (2018) keinen neuen Vertrag erhalten. Das Gute an der ganzen Sache ist, dass wir nicht rausgeworfen werden können. Erstens hat mir die Gemeinde versichert, dass jede andere Benutzung der Räume abgelehnt wird. Und zweitens müsste ein neuer Nutzungsantrag beim Landratsamt eingereicht werden. Die Gemeinde Umkirch ist daran interessiert, dass wir in den Räumen bleiben, da in der Turn- und Festhalle kein Platz mehr ist. Fazit ist, ich werde keinen schlafenden Löwen wecken.

Als Danbeauftragter von Südbaden war ich für die Vorbereitung und Prüfung der Dan-Anwärter zuständig. Eine Prüfung in Stegen stand an. Bei jeder Prüfung mussten drei Prüfer anwesend sein, und alle mussten mindestens den Dan selber besitzen, den sie prüfen sollen. Hauptprüfer war ich, und als Danbeauftragter war ich dafür verantwortlich, dass die Prüfung ordentlich durchgeführt wurde und das Ausstellen der Urkunden und der Prüfungslisten problemlos über die Bühne ging.

Mein Problem war, dass ich mich zu der Zeit in München - genauer gesagt in Söcking bei Starnberg - auf der Fernmeldeschule befand und nur am Wochenende zu Hause war.

Falko Stiller aus Freiburg, Diplom Soziologe an der Freiburger Uni, war Trainer beim Judo Club Efringen-Kirchen. Wir hatten des Öfteren miteinander zu tun und wurden mit der Zeit gute Freunde. Zusammen fuhren wir mehrmals zum Gardasee, um zu surfen. Ich hatte mir ein neues Schweizer Surfbrett gekauft (s. Foto links). Auf der Rückreise wurden wir prompt an der deutschen Grenze gründlich durchsucht. Da die Zollbeamten in meiner Jacke und im Kofferraum nichts fanden, wurden wir einzeln in

Den Ausbau der Judoräume habe ich auf eigene Kosten vorgenommen.

ein Zimmer geführt. Dort mussten wir unsere Taschen leeren, aber auch hier haben die Beamten nichts gefunden. Es waren junge Zöllner und ich konnte mir zunächst keinen Reim daraus machen, was sie eigentlich gesucht haben.

Später fiel es mir dann ein: mein Surfbrett war neu und die Beamten hatten vermutet, ich hätte es in der Schweiz gekauft. Nun suchten sie ein Beleg oder eine Kaufquittung dafür. Aber ich habe das Surfbrett über eine deutsche Sportfirma gekauft.

Falko war übrigens ein bekannter und gefürchteter Trainer in der Burschenschaft in Freiburg. Eines Tages hatten sie eine Abrechnung mit einer Burschenschaft aus Innsbruck auszutragen. Ich fand das sehr spannend und wusste, dass Fremde bei einer schlagenden Mensur nicht dabei sein durften. Falko sprach mit seinen Leuten und die erteilten die Genehmigung, dass ich dem Turnier beiwohnen durfte. Ich weiß nicht, was Falko ihnen erzählt hat. Ausgetragen wurde es in der Feierling Brauerei in Freiburg. Der Raum war abgedunkelt, in der Mitte lag ein Teppich am Boden, um das eventuelle Blut aufzunehmen. Junge und alte Studenten aus ganz Deutschland waren zugegen, in den Händen natürlich ein großes Glas Bier. Namhafte Chirurgen haben auf einem Tisch chirurgisches Besteck bereitgelegt, um eventuelle Verletzungen zu behandeln. Es kam auch zum Einsatz, denn einem Innsbrucker Teilnehmer wurde die Nasenspitze abgeschlagen. Es war sehr spannend, und nach der Schlacht traf man sich im Burschenhaus zum weiteren Besäufnis. Da ich nichts getrunken hatte, unterhielt ich mich mit dem Mann ohne Nasenspitze und fragte, was seine Frau wohl dazu sagen würde. „Nichts", meinte er, „das gehört eben dazu und mein Gegner war eben besser als ich."

Eines Tages ging Falko ins Burschenhaus und legte sich im Hinterzimmer auf die Couch, um sich auszuruhen. Er ist nicht wieder aufgewacht und starb im Alter von 40 Jahren. Es war für uns alle ein großer Verlust.

Es war Winter, draußen lag viel Schnee. Die Dan-Prüfung wurde an einem Samstag durchgeführt und dauerte je nach Teilnehmerzahl den ganzen Tag. Nach der Prüfung trafen wir uns zu einer kleinen Feier im Gasthaus *Zum Hirschen*. Der Besitzer, Erich Metzger, war auch Sportler, betrieb Judo und Bogenschießen, und war ein guter Freund von uns. Er hatte extra den Kamin angeheizt und die Plätze davor für uns freigehalten. Ein Gläschen Wein und eine große Käseplatte verschönerten uns den Abend. Meine Absicht war eigentlich die Nacht dort zu verbringen. Schließlich aber entschied ich mich doch dazu, nach Hause zu fahren. Die Straßen waren mit Schnee bedeckt und es schneite immer noch. In Höhe der Ganter Brauerei kam ich mit meinem BMW ins Rutschen und kontaktierte eine Verkehrsampel, die dadurch in Schräglage geriet. Da die Ampel nicht defekt war, fuhr ich weiter. Doch auf dem Zubringer nach Umkirch drehte sich mein Auto ausgerechnet vor einem Polizeiauto. Man nahm mich mit auf die Polizeistation, ein Arzt nahm eine Blutprobe und bescheinigte ein Alkoholwert von 0,2 Prozent. Ich fuhr dann noch mit der Polizei zu der Ampel und sah, dass sie nicht defekt war. Meinen Führerschein haben sie vorerst einbehalten. Man empfahl mir den Anwalt Dr. Maurer von Freiburg, was sich später als Fehlgriff erwies. Ich drängte auf eine schnelle Verhandlung, damit ich meinen Führerschein zurückerhielt. Immer wieder rief ich dann meinen Anwalt an. Er sagte mir, dass der Staatsanwalt in Urlaub gefahren sei und erst im Januar zurückkäme, also müsste ich mich so lang gedulden. Die Verhandlung war dann im Februar. Mein Zeuge, ein Sport-kollege und Kriminalbeamter, der während meiner Unglücksfahrt hinter mir fuhr, wurde nicht befragt. Ein Taxifahrer hatte mich angezeigt. Er war auch hinter mir gefahren und hat gesehen, dass ich zu schnell gefahren bin. Meinem Zeugen hat er draußen, während sie warteten, erzählt, dass er auf der anderen Straßenseite an der Tankstelle gestanden und alles beobachtet hatte. (Irgend-wie hat er doch gelogen, nach seiner Aussage muss er an zwei Orten zur glei-chen Zeit gewesen sein.)

Nun, das alles habe ich überstanden, ich musste halt jetzt mit dem Zug nach München fahren. Um Mitternacht war ich dann in Starnberg, mit mir stiegen viele junge Leute aus dem Zug und alle stürzten auf die wartenden Taxis. Mist, ich war zu langsam, kein Taxi mehr für mich. Aber das war kein Problem, ich war ja nicht der einzige, der nun zu Fuß gehen musste. Also lief ich den ande-ren einfach hinterher, die wie ich alle nach Söcking in die Schule wollten. Ich lief und lief. Mit der Zeit wurde die Gruppe immer kleiner. Komisch, wo wa-ren die alle abgeblieben? Es war sehr kalt und ich entsprechend gekleidet mit dicker Jacke, Seemannsmütze, Handschuhen und einer schweren Tasche mit Franzbrandwein drin. Die Flaschen hatten einige Leute bei mir bestellt, sie waren für den Sport bestimmt. Auch als Rasierwasser eignete er sich sehr gut, es brannte zwar erst, war dann aber sehr angenehm kühl. Ich war nun allein auf weiter Flur. Mittlerweile war es schon 1 Uhr nachts und von Söcking gab es keine Spur. An die Straße meinte ich mich zu erinnern. Wo aber war die

Kirche, die rechts kurz vor Söcking gestanden hatte? Langsam machte ich mir Sorgen.

Auf der anderen Straßenseite stand eine Telefonzelle. Nichts wie hin! Vielleicht konnte ich dort erfahren, wo ich hier war. Nein, ich war auf dem falschen Weg. Diese Ortschaft kannte ich nicht, also nichts wie wieder zurück zum Ausgangspunkt. Teilweise bin ich zügig gelaufen, um schneller zurück zu sein. Die Konsequenz war, dass ich gehörig ins Schwitzen gekommen war. In Starnberg angekommen sah ich die Stelle, wo ich hätte abbiegen sollen. Da war sie ja auch, die vermisste Kirche. Und schon war ich in Söcking, meine Uhr zeigte inzwischen zwei Uhr. Die Schule war überbelegt, so waren meine Mitstreiter aus Breisach und ich in der *Alten Post* untergebracht. Genau gegenüber lag etwas bergab ein Lokal, in dem noch Licht brannte. Jetzt machte ich etwas, was ich noch nie gemacht hatte und machen würde. Ich sagte mir: „Geh runter und trinke ein Bier, du bist so ausgedörrt und kannst etwas Flüssigkeit gebrauchen."

Linksschwenk Marsch und ab in die Kneipe. Ich traute meinen Augen nicht. Drinnen saßen meine Kollegen und warteten auf mich. Sie wussten, dass ich kommen würde. Am nächsten Morgen um 8 Uhr begann der Unterricht und da hieß es auf der Matte zu sein. Nun ja, der Jubel war groß und ein Musiker spielte gleich einige Seemannslieder. Ich schrie nur noch: „Durst", und schon stand ein halber Liter Bier vor mir. Ich war so ausgetrocknet, dass ich sage und schreibe sechs halbe Bier hintereinander getrunken habe. Der Wirt war sehr freundlich und machte mir noch etwas zu Essen und so wurde es noch ein netter Abend.

Wir waren zu viert von unserer Dienststelle auf dem Lehrgang in Söcking, jedes Wochenende fuhr ein anderer mit seinem Auto. Wir trafen uns jedes Mal bei einem Kollegen in Grafenhausen und fuhren dann gemeinsam nach Söcking bei Starnberg. Ein Wochenende liegt mir heute noch schwer im Magen, meine Frau behaupte immer, ich könnte Nägel essen, so robust sei mein Magen. Ich hatte auch nie Probleme mit dem Essen, ich habe tatsächlich alles essen können, auch wenn das Verfallsdatum schon lange abgelaufen war. Aber bei dieser einen Rückfahrt von zu Hause nach Leichheim hat es mich so richtig zerrissen. In Leichheim machten wir immer eine Vesperpause. Ich hatte auf meinem Brot grobe Mettwurst, die war schon drei Wochen alt. Es ging auch alles gut, bis zu dem Moment, als wir in der Schule angekommen waren. Wir hatten gerade einmal zwei Stunden geschlafen, dann mussten wir schon wieder aufstehen. Wir sind immer so um 22:00 Uhr von zu Hause weggefahren, also kamen wir ziemlich frühmorgens in Söcking an. Auf jeden Fall musste ich zur Toilette, kaum war ich dort, wurde es mir plötzlich derartig schlecht, ich glaubte ich muss sterben. Die Schultern, die Arme und Beine wurden ganz schlapp, ich konnte mich kaum halten. Vor mir war das Waschbecken.

Daran habe ich mich festgehalten, ich hing da wie ein Schluck Kaffee in der Kurve. Das Komische war, dass ich mich nicht übergeben musste, ich war nur k.o. Nach ca. einer Stunde war ich wieder voll da, als wäre nichts geschehen. Ich fühlte mich frisch und munter, die Kräfte waren wieder da und auch sonst fühlte ich mich richtig wohl. Meine Kollegen fragten mich, wo ich denn so lange gewesen war. Ich erzählte mein Erlebnis so glaubwürdig und wahrheitsgetreu wie möglich. Aber sie konnten es nicht glauben. Aber feststeht, eine Drei-Wochen-alte-Mettwurst ist auch für meinen robusten Magen einfach zu viel, ich hatte mir eine Fleischvergiftung eingefangen.

Nach einigen Lehrgängen in München wechselte ich in den gehobenen Dienst, gleichzeitig wurde ich von der Marine zum Lt. Zur See der Reserve befördert. Im Falle eines Krieges hätte ich mich in Saarlouis im Saargebiet zum Einsatz melden müssen. Nun, der Krieg blieb glücklicherweise aus und irgendwann wurde ich ausgemustert. Ich hatte das Alter erreicht, ab dem man nicht mehr eingezogen wird.

Im August 2000 flog ich mit meiner 10-jährigen Enkelin Selina zu meiner Schwester Erna nach Amerika. Wir verbrachten dort einen wunderschönen Urlaub, vor allem hatte es der kleinen Selina der Swimmingpool angetan. Infolgedessen musste ich sie immer mit Gewalt aus dem Wasser holen. Wenn es nach ihr gegangen wäre, hätte sie noch die Nacht darin verbracht.

Enkelin Selina

Wir besuchten die Höhlen in Shenandoah National Park, verbrachten einen ganzen Tag im Vergnügungspark „Kings Dominion" und ein ganzes Wochenende in Virginia Beach am Strand. Dieser Ausflug nach Virginia Beach war etwas ganz Besonderes! Selina und ich sollten das Wochenende zu zweit verbringen. Wir fuhren das Auto von Schwager Robert, und Erna und Robert fuhren mit einem anderen Auto vor uns, um uns den Weg zu zeigen. Nach der Ankunft im Hotel wollten Erna und Robert dann wieder zurück nach Richmond fahren. Erna konnte die Hitze nicht so gut vertragen und dadurch hätte sie ständig im Hotel bleiben müssen. Also fuhren wir los. Unterwegs mussten wir in einer kleinen Ortschaft an einer roten Ampel anhalten. Robert und Erna hatten die grüne Phase gerade noch erreicht und fuhren weiter voraus. Nachdem wir die Kreuzung überquert hatten, konnten wir Ernas Auto nicht mehr finden. Wir fuhren mehrmals die Straße auf und ab, von den beiden aber fanden wir keine Spur. Selina und ich beschlossen dann weiter nach Virginia Beach zu fahren. Blöd war aber, dass ich den Namen des Hotels nicht kannte. Da ich aber schon mehrmals in Virginia Beach war, kannte ich den Verlauf der Straße am Strand. Es waren zwei Straßen, die in einem langen Oval um eine Reihe großer Hotels verlief. Wir beschlossen diesen Weg abzufahren, und siehe da, am Ende der Straße stand Robert und hatte uns schon erwartet. Er hatte den gleichen Gedanken wie ich gehabt und war sich sicher, dass ich hier entlangkommen musste. Nun, die Freude war groß. Selina und ich hatten ein schönes Wochenende am Strand und im Wasser. Zwischendurch sind wir noch zum *Schwarzen Stier* essen gegangen, wo ich mir mein großes „Prime Rip" bestellte und Selina ihre Pommes aß. Sie war über meine Englischkenntnisse sehr erstaunt. Nun, ich erwähnte ja bereits, dass ich mit meinen 15 Wörtern alles sagen konnte.

Am Montag nach dem Frühstück machten wir uns dann wieder auf den Heimweg. Komisch, neben mir fuhr plötzlich ein großer Geländewagen, dessen Fahrer ständig hupte und eine Ehrenbezeugung von sich gab, indem er seine Hand zum Soldatengruß an den Kopf hielt. Ich hatte meine Seemannsmütze auf und grüßte höflich zurück. Der Geländewagen überholte uns und ließ sich wieder zurückfallen, dann die gleiche Prozedur noch einmal: Hupen, Gruß und Gruß zurück, dann verließ er an einer Ausfahrt die Straße und fuhr in eine andere Richtung. Zuhause angekommen erzählte ich gleich von dieser Begegnung. Robert und Erna lachten und waren

sichtlich amüsiert. Dann kam die Aufklärung: Roberts Nummernschild hatte die Bezeichnung „Fly B-24". Das waren die Langstreckenbomber, die im Zweiten Weltkrieg geflogen sind. Der Mann, der mich so begrüßt hatte, nahm offensichtlich an, dass ich einer der Veteranen gewesen sein musste, dem er seinen Respekt zollen wollte. Robert war als Bordingenieur in einer dieser Maschinen geflogen. Unter anderem ist Robert in den Jahren 1948/49 bei der Luftbrücke Berlin im Einsatz gewesen.

Da ich an der Sportschule der Bundeswehr in Sonthofen die Sportleiter-Ausbildung mit Erfolg bestanden und an mehreren Judo-Lehrgängen teilgenommen hatte, wurde mir vom Badischen Sportbund die Staatliche Übungsleiterlizenz anerkannt. Von 1971 bis 1995 war ich Dan Beauftragter von Südbaden und für die Ausbildung der Judokas tätig, die die Prüfung für den schwarzen Gürtel ablegen wollten. 1998 wurde ich zum Präsidenten des Badischen Dan Kollegiums gewählt, von 1986 bis 2000 war ich Mitglied der Bundeskommission Judo im Deutschen Judobund. Von 1987 bis 1997 leitete ich die Vereinstrainer Ausbildung im Badisch Judoverband. Während all dieser Jahre wurde ich als Referent für Kata in ganz Deutschland eingesetzt. 1980 gründete ich den Judoclub Umkirch, anfangs übernahm ich das alleinige Training für alle Gruppen von 5-jährigen Kindern bis zu den Erwachsenen. Von 1980 bis 2015 war ich Fachsportvertreter für Judo und Ju-jut-su im Sportkreis-Breisgau-Hochschwarzwald.

Ich besuchte viele Lehrgänge bei namhaften japanischen Lehrern wie Tokio Hirano, Dr. Makoto Suzuki, Isao Okano, Han Ho San und Yamamoto. Sie waren als Bundestrainer in Deutschland tätig. Tokio Hirano war einer der größten Judokas, die es zu der Zeit gab.

Tokio Hirano, 1956

Joachim Hargarten und Fredy Herz bei der Siegerehrung

Tokio Hirano 30 Jahre später

Im Laufe der Zeit entwickelte ich auch einige eigene Techniken und hatte auch einige Erfolge aufzuweisen, so wurde ich mit Joachim Hargarten Badischer Kata-Meister.

Natalie Kraus wurde Deutsche Jugendmeisterin national und international. Gido Raddatz wurde mehrmals Deutscher Vizemeister. Alle Erfolge auf Kreis-, Bezirks- und Landesebene aufzuzählen, würde diesen Rahmen sprengen.

Kurze Begegnung mit einem Schlagerstar

Jedes Jahr fuhr ich einmal nach Westerstede in Ostfriesland. Ich erhielt vom Deutschen Dan Kollegium den Auftrag, auf der Judo Sommerschule meine Katas zu lehren. Anschließend fuhr ich für eine Woche auf die Insel Amrum, um mich zu entspannen. Mein ehemaliger Schulfreund Peter Jürgensen, der in der Jugendherberge Herbergsvater war, gab mir die Gelegenheit in der Herberge zu übernachten. Gleichzeitig nutzten wir die Zeit, um über alte Zeiten zu plaudern. Da ich mit dem Auto auf der Insel war, musste ich ja auch mal tanken. Also fuhr ich zur einzigen Tankstelle nach Nebel, und wen sehe ich da stehen? Es war die weltbekannte Schlagersängerin Katja Ebstein. Wir beide waren allein, sie stand ca. 5 Meter von mir entfernt neben ihrem alten Volvo und ich an der Zapfsäule neben meinem Porsche. Sie schaute zu mir herüber - vielleicht auch nur zu meinem schönen Auto. Auf jeden Fall beachtete ich sie nicht, ich ignorierte sie sogar einfach und bewusst. Ob sie nun enttäuscht war, weil ich kein Autogramm wollte, kann ich natürlich nicht sagen. Für mich sind diese Stars normale Menschen und mir liegt es nicht solche Leute anzusprechen. Ohne sie zu beachten verließ ich die Tankstelle und fuhr weiter.

Doch weiter im Trott

Gleich nach der Wende kamen einige Judokas aus der ehemaligen DDR zu dem Lehrgang nach Westerstede. Die Leute waren von meinem Umgang mit ihnen und meiner Lehrmethode so begeistert, dass sie mich gleich nach Erfurt einluden, um bei ihnen meine Katas zu zeigen. Als Partnerin nahm ich meine spätere Frau Nancy mit. Wir haben in Umkirch einige Katas miteinander trainiert. Am Telefon sagte ich den Erfurtern, dass ich meine Frau als Uke (Kata Partner) mitbringen würde. „Was sollen wir ihr dann geben?", fragten sie mich.

„Einen Blumenstrauß", antwortete ich.

Am Ende des Lehrgangs haben sie nicht nur mich bezahlt, sondern auch Nancy ein Honorar gegeben.

Nancy fiel aus allen Wolken. „Sie haben mich bezahlt!", sagte sie begeistert zu mir.

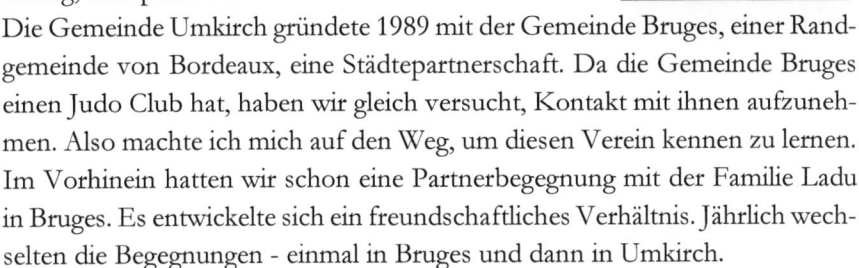

„Du hast ja auch mit ihnen die eine Kata fleißig trainiert, und sie waren begeistert!", war meine lapidare Erklärung.

So war der Lehrgang in Erfurt für uns alle ein voller Erfolg, der später wiederholt wurde.

Die Gemeinde Umkirch gründete 1989 mit der Gemeinde Bruges, einer Randgemeinde von Bordeaux, eine Städtepartnerschaft. Da die Gemeinde Bruges einen Judo Club hat, haben wir gleich versucht, Kontakt mit ihnen aufzunehmen. Also machte ich mich auf den Weg, um diesen Verein kennen zu lernen. Im Vorhinein hatten wir schon eine Partnerbegegnung mit der Familie Ladu in Bruges. Es entwickelte sich ein freundschaftliches Verhältnis. Jährlich wechselten die Begegnungen - einmal in Bruges und dann in Umkirch.

An einem Wochenende, an dem die Bruger nach Umkirch kamen, übernachtete die Familie Ladeu bei mir zu Hause. Das Problem war, dass meine Frau an diesem Wochenende mit ihrer Firma in London verbrachte, um den Englischkurs, den sie in ihrer Dienststelle hatten, zu vertiefen. Das hieß, dass ich mit meinen Gästen allein war und sie betreuen und bekochen musste. Nun, ich wollte etwas Besonderes machen und entschied mich für einen Hawaii Toast mit Rindersteak. Als das Essen aufgetischt wurde, stellte ich mit Entsetzen fest, dass das Fleisch noch ziemlich roh war. Meine Gäste, es waren Vater, Mutter und Tochter Sabrina, aßen sehr langsam und waren während des Essens sehr ernst und still. Ich kam ins Schwitzen und überlegte, ob ich den Toast noch einmal kurz in die Mikrowelle stellen sollte. Ich ließ es und schwitzte weiter, meine Gäste ließen sich aus Höflichkeit nichts anmerken, dachte ich.

Jetzt kommt´s aber: Ich flog nach Bordeaux, um mit dem Judo Club in Kontakt zu treten. Dort wurde ich von der Gastfamilie abgeholt und in ein spezielles Esslokal geführt. Wir mussten vor dem Lokal warten, da alle Tische besetzt waren. Erst wenn einige Leute herauskämen, dürften neue herein. Eine steile Treppe führte nach oben. Die Leute standen von oben bis unten, und wir waren natürlich ganz unten. Das lange Warten hatte sich allerdings gelohnt. Es gab nur ein Gericht, Pommes mit Filetscheiben - fast roh mit einer fantastischen Sauce. Ich habe noch nie so etwas Köstliches gegessen, also habe ich es genossen und sehr langsam gegessen. Meine Gastfamilie machte sich Sorgen, ob mir das Essen schmecken würde. Ich löste das Rätsel schnell auf!

Am nächsten Tag trafen wir uns mit einer Dolmetscherin der Gemeinde Bruges, um den sportlichen Kontakt mit dem Bruger Judoclub zu besprechen.

U. a. kamen wir auf das Essen bei mir und in Bordeaux zu sprechen. Ich erzählte meine Sorgen, die ich mir zu Hause wegen des Essens gemacht hatte. Es stellte sich heraus, dass meine Gäste so langsam gegessen hatten und so still waren, da es ihnen so gut geschmeckt hatte. Sie sagten, dass es genau richtig war und sie es genau wie ich in Bordeaux genossen hätten. Das Gleiche war bei mir mit dem Essen in dem großartigen Lokal, also haben wir uns köstlich amüsiert und darüber gelacht. Das Problem war, dass ich kein Französisch konnte und die Familie Ladeu kein Deutsch.

Im Laufe der Zeit besuchten sich die beiden Judoclubs aus Bruges und Umkirch gegenseitig mit großem Erfolg. Es entwickelten sich echte Freundschaften, sodass wir uns auch privat gegenseitig besuchten.

Nachdem wir am Seepark in Freiburg eine Wohnung gekauft hatten, und ich der Meinung war, dass wir diese als Geldanlage nutzen sollten, verließ mich meine Frau, ohne ein Wort zu sagen, (warum weiß ich bis heute nicht) und zog dort selbst ein. Mein Plan war, die Wohnung zu vermieten, weil die Lage sehr schön und die Nachfrage nach gutem Wohnraum groß war.

Ich lebte nun jahrelang allein in dem großen Haus, bis ich eines Tages Nancy kennen lernte. Sie kümmert sich um mich und spürte sofort, wenn es mir nicht gut ging. Sie sorgte auch dafür, dass ich mit meinen Aktivitäten etwas kürzerträte. Wir sind jetzt fast 20 Jahre zusammen und ich muss sagen, wenn es wirklich Engel auf Erden gibt, dann ist sie einer davon. Sie wurde zu mir geschickt und ich bin sehr dankbar dafür. Nachdem wir neun Jahre zusammenlebten, haben wir dann schließlich geheiratet. Natürlich habe ich ganz offiziell ihre Eltern um ihre Hand angehalten. Sie waren sofort einverstanden, denn sie sahen, dass es Nancy bei mir gut ging und bis heute geht.

Ich wollte Nancy meine Heimat zeigen und fuhr mit ihr nach Danzig. Dort zeigte ich ihr, wo ich aufgewachsen bin, wo wir gewohnt haben und Stellen und Ecken, wo kein Tourist hinkommt. Auch zeigte ich ihr, wo meine Mutter begraben wurde, und natürlich die Stadt selbst. Schließlich sind wir nach Ohra gegangen, wo meine Oma gewohnt hatte und ich geboren worden war. Die Häuser waren alle nicht mehr da, sie waren ausgebombt oder abgerissen worden, weil sie zu alt waren. Ich ging mit ihr auch durch ein Getto. Hier wohnten die Ärmsten aller Armen, und gleich waren wir von einigen jungen Burschen umlagert, die nach der Uhrzeit fragten. Schnell wurde deutlich, dass dies nur ein Vorwand war, um meine Uhr zu sehen. Sie entdeckten auch meine Kamera, auf die sie ein besonderes Auge hatten. Zunächst blieb alles ruhig. Deshalb machten wir uns auf den Weg weiter nach Ohra. Plötzlich sagte Nancy zu mir, dass wir von zwei Jungen verfolgt wurden. Ich drehte mich um und sah sie auch. Immer, wenn wir stehenblieben, standen sie es auch und wenn wir gingen, gingen auch sie und kamen immer näher.

„Nimm deinen Elektroschocker in die Hand", rief ich Nancy zu, aber sie war in dem Moment so aufgeregt, dass sie nicht in der Lage war, das Gerät zu nehmen. Die Burschen kamen immer näher und ich beschloss, ihnen eine Falle zu stellen. Es war mir schon klar, dass sie meine Kamera stehlen und dann ab durch die Mitte wollten. Wir gingen zu dieser Zeit auf einem Damm neben dem Radaune Kanal, und kurz vor unserem Ziel stellten wir uns an einem Geländer neben dem Kanal. Mein Auge schielte immer nach rechts, um die Beiden im Blickfeld zu behalten. Plötzlich kam der Größere schnell auf uns zu. Blitzartig drehte ich mich um und wollte zum Angriff übergehen. Damit haben Beide nicht gerechnet. So schnell habe ich noch nie jemanden weglaufen sehen. Genau das ist meine Art: Ich greife an, bevor es der andere tut, wenn ich mich in Bedrängnis befinde. So bin ich immer im Vorteil und der Gegner ist überrascht, weil er damit nicht rechnet. Und Nancy erzählt nun jedem, dass ich ihr das Leben gerettet habe - vielleicht nur ein ganz klein wenig.

Ich träumte immer davon ein eigenes Boot zu haben, also entschlossen wir (Nancy und ich) uns, den Bootsführerschein zu machen. Wir entschieden, gleich beide zu machen, für die Binnenschifffahrt und für die See. Und zusätzlich meldeten wir uns für das internationale Funkbetriebszeugnis in Englisch an. Das war von mir ziemlich gewagt, denn meine Englischkenntnisse waren ja sehr mager. Ich dachte mir: Mut zum Risiko! Sollte es nicht klappen, wiederhole ich einfach. Die Prüfung lief eigentlich ganz gut, als letztes musste ich einen deutschen Text mündlich ins Englische übersetzen. Ich versuchte mein Glück, der Prüfer schmunzelte und meinte dann gnädig: „Ja, so kann man es auch sagen." Er überreichte mir den Schein und ich verließ mit breiter Schulter den Raum. Wenn auf einem Schiff eine Funkanlage vorhanden ist, darf man nur funken, wenn man eine Lizenz dafür besitzt.

Nun ging es nicht schnell genug, ich musste ein Boot haben und nach kurzer Zeit hatten wir ein 7-Meter-Boot gekauft mit einem Liegeplatz im Yachthafen Lahr. Hauptsächlich fuhren wir auf den französischen Kanälen, und immer wieder begegneten uns Freunde aus den verschiedenen Ländern. Bootsfahrer sind ein Volk für sich, aber immer füreinander da und hilfsbereit. Früh begriffen wir die Bedeutung des Satzes, dass ein Boot noch so lang sein könne, dass es aber immer ein Meter zu kurz sei. Und so dauerte es nicht lange, bis wir ein

10-Meter-Boot, die Bairbi, kauften. Hier hatten wir mehr Platz, fünf Schlafkojen und eine separate Toilette.

Ein Urlaub bei meiner Schwester Erna in Amerika stand wieder mal auf dem Programm. Schwager Robert freute sich immer, wenn ich kam. Er hatte eine Liste mit Aufgaben zusammengestellt, die ich erledigen sollte. Genauer gesagt, ich hatte ihn darum gebeten, so eine Liste zu erstellen, da ich nicht nur vier Wochen rumsitzen und Däumchen drehen wollte. Bei meinen früheren Besuchen waren wir viel rumgefahren und haben einige Städte und Sehenswürdigkeiten besichtigt. Nun waren wir beide aber in einem Alter, wo man nicht mehr so viel durch die Landschaft fahren wollte.

Also verbrachte ich die meiste Zeit am Swimmingpool und mit den geplanten Arbeiten. Nebenbei habe ich dann noch für beide gekocht, sodass Erna mal wieder etwas aus der Heimat zu essen bekam. Vor allem freute sie sich über die Tatarbrötchen, denn rohes Fleisch essen die Amerikaner nicht.

Die Fahrt nach Richmond war dieses Mal ziemlich chaotisch. Es fing schon auf dem Flugplatz in Newark Airport an. Ich begab mich zu dem Gate, das auf meinem Flugticket stand, und wartete. Und wartete. Und wartete. Irgendwie kam mir alles ein wenig komisch vor, ich war allein an diesem Platz, keine weiteren Personen waren in der Nähe, und auf der Anzeigetafel stand auch nichts. Gut, dass ich 15 Wörter Englisch beherrschte, so konnte ich wenigstens mal nachfragen, von wo denn mein Flug abgehen würde. Da müsse ich zum Gate sowieso und das läge am Ende der Gate-Anzeige. Die Zeit wurde für mich jetzt eng, ich hatte am anderen Gate zu lange gewartet. Typisch für mich war, dass ich meinen Koffer immer sehr voll mit Mitbringseln gepackt habe, womit ich mich dieses Mal besonders abquälen musste. Schließlich erreichte ich meinen Abfluggate noch rechtzeitig und setzte mich erstmal erschöpft auf einen Stuhl. Nach kurzer Zeit kam die erste Durchsage, der Flug würde um 20 Minuten verschoben. Na, toll! Dann hätte ich mich ja nicht so zu beeilen müssen. Zweite Durchsage, der Flug würde wegen des Aufkommens einer Schlechtwetterfront um eine dreiviertel Stunde verschoben. Ab da erfolgte einmal stündlich eine weitere Durchsage mit Angaben zur erwarteten Verspätung. In der Zwischenzeit wurde es Mitternacht und ich machte mir Sorgen um Erna und Robert, weil sie doch auf mich warten wollten. Sie hatten mir versprochen, mich in Richmond vom Flughafen abzuholen.

Erna hatte zur Begrüßung ein großes Steak aus dem Gefrierschrank geholt, und Robert hatte draußen den Grill vorbereitet. Um 01.00 Uhr nachts war ich dann schlussendlich da. Das Fleisch war aufgetaut und lag zum Grillen bereit. Es hieß "Country Style Rib". Nachdem wir es aus der Folie genommen hatten, sahen wir noch die Bezeichnung "pork", und das bedeutet ja Schwein. Robert bekam sofort die Order, den Grill wieder abzuschalten und das Fleisch einzupacken. Moment mal, das Fleisch war aufgetaut und sollte nicht wieder eingefroren werden. „Ich brate das Steak in der Pfanne und Ihr werdet sehen, es wird wunderbar!", sagte ich, um die Stimmung wieder ein bisschen zu besänftigen. Das Begrüßungssteak war ein Flop, aber ich war es gewohnt, Fleisch auch in der Pfanne zu braten. Ich kann nur sagen, es hat wunderbar geschmeckt.

Am nächsten Tag wartete dann die Liste mit den bevorstehenden Arbeiten auf mich. Robert hatte eine neue Dunstabzugshaube gekauft. Die habe ich zuerst ausgetauscht. Der eine Ventilator an der Decke funktionierte nicht, da musste der Speedschalter ausgetauscht werden - bald drehte er sich wieder, wenngleich auch nur mit einer geringen Geschwindigkeit. Es war eben kein Originalschalter. Am nächsten Morgen kam dann der richtige, und alles war wieder, wie es sein sollte. Am Abend gab es ein Porterhouse Steak, das war etwas ganz Besonderes und damit der Lohn für meine Arbeit. Viele kleine Arbeiten waren noch zu machen, aber das erledigte ich so nach und nach und mit viel Freude!

Nancy hat mich angerufen und benachrichtigt, dass Selina einen Jungen namens Lucas bekommen habe. Nun war ich Urgroßvater! Ich fragte mich, ob ich dazu nicht noch zu jung war.

Wieder Zuhause in Umkirch hatten wir am Sonntag eine Nachbesprechung über den Verlauf des diesjährigen Gemeindefestes. Also verlegten wir das für Sonntag geplante Mittagessen auf den Samstag. Ich bereitete einen Wildschweinbraten aus der Vorderkeule vor.

Nancy musste die ganze Woche über arbeiten, also kochte ich für uns. Sie mag das, was ich koche, so behauptet sie jedenfalls. Also ging ich auch an diesem Samstag davon aus, dass es auch stimmte. Wichtig bei diesem Essen ist die Sauce, Fleisch in den Topf, frisches Gemüse mit angeschmort, und das Ganze mit Wildfond abgelöscht. Nebenbei habe ich die Kartoffeln vorbereitet. Eine halbe Stunde, bevor das Fleisch gar ist, stelle ich die Kartoffeln an, so ist dann alles zur gleichen Zeit fertig.

Nun, der heutige Tag sollte anders verlaufen als geplant. Ich, der große Gourmet, werde Nancy ein schmackhaftes Essen servieren. Auf die Preiselbeeren habe ich heute mal verzichtet, das sollte sich noch als gut herausstellen. Hm, das Fleisch roch gut, es hatte eine wunderschöne braune Farbe, so liebte ich es. Ich nahm es aus dem Topf und schnitt es in gleichgroße Scheiben und legte es zur Seite. Nun war die Sauce dran, ein wenig Creme fraiche unterrühren und abschmecken, ob nachgewürzt werden musste.

Oh Schreck, was war das? Die Sauce war ja knall süß! Widerlich! Ich hatte dem Fleisch doch keinen Zucker zugeführt! Woher kam dann aber diese Süße? Ein Rätsel. Ich war geschockt. Was war passiert? Ich entschuldigte mich vorsichtshalber schon mal bei Nancy. Da kam mir eine Idee. Ich sah mir mal das Glas mit dem Wildfond an. Ach, du liebe Neune! In dem Glas war kein Wildfond, sondern ungarischer Akazienhonig. Das Glas hatte genau neben den Wildfondgläsern gestanden und genau so ausgesehen wie diese. Was für eine Blamage! Nancy Reaktion: Sie hat sich schiefgelacht.

Es gäbe noch viele Geschichten zu erzählen, und je mehr ich darüber nachdenke, desto mehr fallen mir ein. Ich habe bewusst nicht über alles gesprochen, es gab Ereignisse, die ich besser für mich behalte. Auch habe ich nicht über meine Beziehungen mit Frauen berichtet, denn das gehört hier nicht hin. Über drei Dinge diskutiere ich nie: Politik, Kirche und Schlafzimmer. Damit bin ich immer gut gefahren!

Für mich war wichtig, dass Ihr ein bisschen aus meiner Sicht der Dinge über das Leben und Leiden unserer Familie erfahrt, und wisst, woher wir kommen und wer wir sind.

Schlusswort

Zurückschauen? Ja, hin und wieder werfe ich einen Blick in die Vergangenheit und versuche herauszufinden, ob ich immer richtig gehandelt habe oder ob ich das eine oder andere vielleicht hätte anders machen sollen.
Kann man den Verlauf seines Lebens voraussehen? Ich denke nicht, denn immer wieder steht man an einer Kreuzung und muss entscheiden, welchen Weg man einschlagen soll. Einige Entscheidungen, die ich getroffen habe, waren sicherlich richtig, aber ich denke, es war auch viel Glück dabei. Über eines war ich mir immer im Klaren: Das, was Du tust, musst Du ordentlich und gewissenhaft machen, dann wirst Du auch immer gefördert! Das habe ich stets in meinem Leben getan und damit mehr erreicht, als ich mir je erträumt habe. Meine Zuverlässigkeit und Treue waren stets meine Begleiter und haben mich dort hingeführt, wo ich heute bin. Ich bin dankbar dafür, wie mein Leben verlaufen ist, denn nichts ist selbstverständlich, auch wenn man immer mal wieder glaubt, der Größte zu sein. In Wirklichkeit ist man nur so klein wie eines der unzähligen Sandkörner, die den Strand der Menschheit ausmachen.

Umkirch, den 15. Februar 2019